변신

변신

프란츠 카프카 글 _ 권세훈 옮김 _ 이우창 그림

변신

초판 1쇄 발행 2007년 1월 5일
초판 12쇄 발행 2022년 5월 31일

글쓴이 | 프란츠 카프카
그린이 | 이우창
옮긴이 | 권세훈
펴낸이 | 김사라
펴낸곳 | 해와나무
출판 등록 | 2004년 2월 14일 제312-2004-000006호
주소 | 서울특별시 영등포구 양산로23길 17 2층
전화 | (02)364-7675(내용) / 362-7675(구입)
팩스 | (02)312-7675
ISBN 978-89-91146-52-5 43850

 은 해와나무의 청소년 도서 브랜드입니다.

 제조자명 : 해와나무 제조국명 : 대한민국 제조년월 : 2022년 5월 31일 대상 연령 : 8세 이상
전화번호 : 02-362-7675 주소 : 서울특별시 영등포구 양산로23길 17 2층
* KC마크는 이 제품이 공통안전기준에 적합하였음을 의미합니다.
주의 : 책의 모서리에 다치지 않게 주의하세요.

차 례

선고 ·········· 7

변신 ················· 33

요제피네, 여가수 혹은 쥐의 종족 ·········· 131

작품 해설 ·················· 167

옮기고 나서 ················ 185

프란츠 카프카 연보 ·············· 188

선고

화창한 봄철의 어느 일요일 오전이었다. 젊은 상인 게오르크 벤데만은 나지막하고 허술하게 지은 주택들에 속한 집의 이층에 위치한 자기 방에 앉아 있었다. 주택들은 높이나 색깔만 다른 모양으로 강을 따라 한 줄로 길게 늘어서 있었다. 그는 외국에 거주하는 어린 시절의 친구에게 보낼 편지를 마무리 지은 참이었다. 게으름을 피우듯이 느린 동작으로 편지를 봉하고 나서는 팔꿈치를 책상에 괴고 창문을 통해 강물과 다리, 그리고 푸르스름한 빛깔의 건너편 강둑을 바라보았다.

그는 친구가 고향에서의 출세에 만족하지 못하고 벌써 수년 전에 도망치듯이 러시아로 가 버린 일에 대해 곰곰이 생각해 보았다. 지금 그 친구는 페테르부르크에서 사업을 하고 있었다. 점점 뜸해지는 고향 방문 때 하소연했듯이 사업은 처음에는 번창했으나 이미 오래전부터 나빠진 듯이 보였다. 따라서 그는 외지에서 헛수고

9

만 하고 있는 셈이었다. 낯설어 보이는 턱수염이 어린 시절부터 익숙한 얼굴을 엉성하게 감추고 있었지만 누르스름한 안색은 병에 걸렸음을 암시했다. 그는 자신이 이야기한 것처럼 현지의 교민 사회와는 별다른 접촉이 없었고 국내의 가족들과도 교류가 거의 없는 상태에서 독신 생활을 고집하고 있었다.

분명히 곤경에 빠져 있다는 것을 알지만 애석해 할 뿐 도와 줄 수도 없는 그 남자에게 무슨 내용을 써 보낼 수 있겠는가. 혹시 그에게 다시 고향으로 생활 터전을 옮기고 예전의 교우 관계를 되살린 다음—여기에는 아무런 장애도 없었다—친구들의 도움에 의지하라고 조언해야 할까? 그러나 이것은 상대방을 배려할수록 더욱 괴롭히는 일이 되는 것처럼 지금까지의 시도들이 실패했으니 이제 손을 떼고 고향으로 돌아와 다시는 외국에 나가지 못하는 처지가 되어 뭇사람들의 의아해 하는 시선을 감수하라고 말하는 것에 다름 아니었다. 친구들만이 어느 정도 이해하는 가운데 그는 철부지가 되어 고향에서 성공을 거둔 친구들 뒤를 쫓아다녀야만 할지도 몰랐다. 그에게 안겨 주게 될 온갖 고통이 과연 의미가 있을까? 아마 그를 고향으로 데려오는 일 자체가 어려울—그는 스스로 고향의 실정을 더 이상 이해하지 못하겠다고 말한 바 있었다—것이다. 어차피 외지에 머물러 있어야 한다면 그는 이런 저런 조언들로 인해 기분만 상하고 친구들과 더 멀어지게 될 것이다. 설령 그가 정말로 조언에 따른다 할지라도 여기에서—물론 고의는 아니지만 어쩔 수 없는 사실로서—풀이 죽어 친구들과 어울리지 못하면서도 그들 없이는 아무것도 할 수 없어서 수치심에 괴로워하다가 결국 고향도 친구들도 잃게 된다면 지금까지 그랬던 것처럼 외지에 머무는 편이 그에게 훨씬 더 낫지 않을까? 그러한 상황을 가정할 때 여기에서 그의 형편이 실제로 더 나아지리라고 생각할 수 있을까?

이러한 이유들로 인해 편지를 주고받는 일이라도 유지하려면 지리적으로 아주 멀리 떨어져 있더라도 서로 아는 사이라면 거리낌 없이 보낼 수 있는 소식조차 그에게는 전할 수가 없었다. 그 친구는 벌써 3년 넘게 고향에 오지 않았고 그 이유를 러시아의 정치 상황과 결부시켜 궁색하게 설명했다. 주변 정세가 한 소상인이 잠깐 자리를 비우는 것도 허락하지 않는다는 이야기이지만 수십만 명의 러시아인들이 세계를 유유히 돌아다니고 있었다. 그러나 지난 3년 동안에 게오르크의 상황은 많이 변했다. 대략 2년 전의 일이지만 어머니가 돌아가시고 그 이후로 그가 연로한 아버지와 공동으로 가계를 책임져 온 것에 대해서는 친구도 들어서 알고 있었다. 친구는 어느 편지에서 메마른 어조로 조의를 표하기도 했는데 그 이유는 그러한 사건에 대한 슬픔을 외지에서는 전혀 상상할 수 없으리라는 데에서 찾을 수 있었다. 어쨌든 그때부터 게오르크는 다른 모든 것과 마찬가지로 자신의 사업도 더 결단력 있게 꾸려 나갔다. 어머니가 살아 계셨을 때 아버지는 사업에서 자신의 견해만을 관철시키고자 함으로써 그의 실질적이고 독자적인 활동을 방해했는지도 몰랐다. 아마도 어머니가 돌아가신 다음부터 아버지는 여전히 사업에 관여하고 있었음에도 불구하고 한 발 뒤로 물러나 있었다. 혹은—매우 신빙성 있는 가정이지만—다행스러운 우연들이 더 중요한 역할을 했을 수도 있었다. 어쨌든 사업은 지난 2년 동안에 예상외로 번창했다. 직원 수를 두 배로 늘려야 했으며 매출은 다섯 배로 뛰었다. 사업은 의심의 여지없이 또 한 번의 도약을 눈앞에 두고 있었다.

그러나 친구는 이러한 변화에 대해 전혀 눈치 채지 못했다. 예전에, 아마도 조의를 전한 편지에서 마지막으로 그는 게오르크에게 러시아로 이주할 것을 권유했는가 하면 게오르크가 페테르부르크에 지사를 설치할 경우의 전망에 대해 시시콜콜한 것까지 이야기했다. 그 수치들은 게오르크가 현재 벌여 놓은 사업 규모에 비하면 미미했다. 그러나 게오르크는 친구에게 사업적인 성공에 대해 언급할 기분이 들지 않았다. 이제 와서 그렇게 한다면 정말로 이상하게 보일지도 몰랐다.

따라서 게오르크는 조용한 일요일에 돌이켜 보면 기억 속에 두서없이 떠오르는 대수롭지 않은 일들에 대해서만 편지를 쓰는 데 그쳤다. 그는 친구가 고향 도시를 떠난 이후에 오랫동안 변함없이 간직해 온 상상을 깨고 싶지 않았을 뿐이다. 그래서 게오르크가 상당한 간격을 두고 보낸 세 번의 편지에서 그 친구에게는 아무래도 좋은 어떤 사람과 역시 아무래도 좋은 어떤 처녀 사이의 약혼 사실을 알리자 마침내 친구도 게오르크의 의도와는 달리 이 별난 일에 관심을 갖기 시작하는 사태가 벌어졌다.

게오르크는 바로 자신이 한 달 전에 유복한 집안 출신의 프리다 브란덴펠트 양과 약혼했다는 사실을 고백하기가 멋쩍어서 그러한 일을 편지에 썼던 것이다. 그는 이 친구와의 특별한 편지 교환에 대해 약혼녀와 자주 이야기를 나누었다.

"그러니까 그는 우리 결혼식에 오지 않겠지요."

그녀가 말했다.

"하지만 나는 당신의 모든 친구들을 알아 둘 권리가 있어요."

"나는 그를 방해하고 싶지 않아."

게오르크가 대답했다.

"잘 들어 봐. 그는 모르긴 몰라도 올 거야. 적어도 나는 그렇게 믿어. 하지만 그는 강요받은 듯한 느낌이 들어 기분이 언짢을 거야. 아마 내가 부럽기도 하고 분명히 불만스러워하면서도 이러한 불만을 삭이지도 못한 채 혼자 다시 돌아가게 되겠지. 혼자 말이야—그게 무슨 의미인지 알기나 해?"

"알겠어요. 하지만 그가 다른 경로를 통해서라도 우리들의 결혼에 대해 알 수 있지 않을까요?”

"물론 내가 그것을 막을 수는 없겠지. 그렇지만 그것은 그의 생활 방식을 고려하면 좀처럼 일어나기 힘든 일이야.”

"그런 친구를 두었다면, 게오르크, 약혼도 하지 말았어야지요.”

"그래, 그건 우리 두 사람의 책임이야. 하지만 나는 지금도 달리 어찌할 방도가 없어.”

그 다음에 그녀가 그의 키스를 받고 가쁜 숨을 몰아쉬며 "그래도 속상해요”라는 말을 끄집어내면 그는 친구에게 모든 것을 밝히는 것도 나쁘지 않겠다고 생각했다.

"이게 내 진짜 모습이야. 그는 이런 나를 받아들여야 해.”

그가 중얼거렸다.

"그와의 우정을 위해서는 현재의 내가 가장 적합할 거야.”

실제로 그는 이 일요일 오전에 쓴 긴 편지에서 친구에게 약혼 사실을 다음과 같이 알렸다.

제일 좋은 소식은 마지막까지 남겨 두었네. 나는 유복한 집안의 처녀인 프리다 브란덴펠트 양과 약혼했다네. 그 집안은 자네가 떠나고 한참 뒤에 이곳에 정착했기 때문에 자네는 잘 모를 것이네. 때가 되면 내 약혼녀에 대해 더 자세한 것을 전하겠네. 오늘은 내가 정말로 행복하고 우리들의 관계에서도 내가 지금부터 자네의 평범한 친구 대신 행복한 친구가 되리라는 점만이 달라졌음을 알리는 것으로 그치겠네. 이 밖에도 자네에게 진심으로 안부를 전하면서 다음번에는 직접 편지를 쓰겠다는 내 약혼녀가 자네와는 허물없는 친구가 될 걸세. 그것이 독신자에게는 전혀 의미가 없지는 않을 것이네. 여러 가지 사정으로 인해 자네가 우리를 방문하는 것이 힘들다는 점은 잘 알고 있네. 하지만 바로 우리들의 결혼식이 모든 장애를 물리칠 절호의 기회가 되지는 않을까? 그러나 이 경우에도 다른 것은 고려하지 말고 오직 자네 뜻대로 행동하게나.

손에 편지를 든 상태에서 게오르크는 얼굴을 창문 쪽으로 돌린 채 오랫동안 책상에 앉아 있었다. 친분이 있는 어떤 사람이 길을 가다가 골목길에서 인사했지만 그는 건성으로 미소를 지어 보였을 뿐이었다.

마침내 그는 편지를 호주머니에 집어넣고 방에서 나와 작은 복도를 가로질러 아버지의 방으로 갔다. 그 방에는 벌써 몇 달째 들어가 본 적이 없었다. 또한 그럴 필요도 없었다. 아버지와는 상점에서 늘 마주쳤기 때문이다. 그들은 같은 시간에 식당에서 점심을 먹었다. 저녁은 각자 알아서 챙겨 먹었지만 그 다음에는 제일 흔한 경우처럼 게오르크가 친구들과 함께 시간을 보내거나 약혼녀를 찾아가지 않을 때면 두 사람이 거실에 앉아 잠시 같이 지냈는데 대

부분 따로 신문을 읽었다.

게오르크는 아버지의 방이 밝은 오전에도 매우 어둡다는 것에 놀랐다. 좁은 마당 저편에 위치한 높은 담장이 그림자를 드리우고 있었다. 아버지는 돌아가신 어머니의 여러 가지 유품들로 꾸며진 한구석의 창가에 앉아 신문을 읽고 있었다. 신문을 눈앞에 비스듬히 들고 있는 것은 약해진 시력을 보완하기 위한 방편이었다. 책상 위에는 아침 식사 때 남긴 것이 놓여 있었는데 많이 드신 것처럼 보이지 않았다.

"아, 너로구나!"

아버지는 이렇게 말하고 나서 곧장 그에게 다가왔다. 아버지가 걷는 도중에 묵직한 잠옷이 펼쳐져 그 끝 자락이 몸 주위에 펄럭거렸다. '아버지는 아직도 몸집이 대단한걸.' 게오르크는 이렇게 생각했다.

"여기는 지독히 어둡군요." 그 다음에 그가 말했다.

"그래, 어둡긴 어두워."

아버지가 말했다.

"창문을 닫으셨어요?"

"그게 더 좋아."

"바깥은 아주 따뜻해요."

게오르크가 앞서 말한 것에 보충을 하듯이 말하고 나서 자리에 앉았다.

아버지는 아침 식사 그릇을 챙겨 찬장 위에 올려놓았다.

"원래 말씀 드리고 싶었던 것은."

게오르크가 노인의 움직임을 멍하니 좇으면서 계속 말했다.

"페테르부르크에 저의 약혼 사실을 알렸다는 거예요."

그는 호주머니에서 편지를 살짝 꺼내 보인 다음 다시 집어넣었다.

"페테르부르크에?" 아버지가 물었다.

"제 친구에게요."

게오르크가 말하고 나서 아버지의 눈치를 살폈다. '상점에서 있을 때의 아버지하고는 완전히 딴판이야.' 그가 생각했다. '여기서는 당당하게 팔짱을 끼고 앉아 있단 말이야.'

"그래, 네 친구."

아버지가 힘주어 말했다.

"제가 그에게 처음에는 약혼 사실을 숨기려고 했다는 것은 아버지께서도 아시잖아요. 그를 배려하는 차원에서였지 다른 이유는 없었어요. 아시다시피 그는 까다로운 사람이에요. 고독한 생활 방식으로 볼 때 거의 불가능하겠지만 그가 다른 통로로 제 약혼에 대해 알 수도 있다고 생각했어요. 그것을 막을 수는 없지요. 하지만 저를 통해서는 그것을 알아내지 못하도록 했어요."

"그런데 이제는 달리 생각하게 되었단 말이지?"

아버지가 묻고 나서 큼직한 신문과 안경을 차례로 창문턱에 올려놓고 손으로 안경을 가렸다.

"예, 지금은 다시 생각해 보게 되었어요. 그가 좋은 친구라면 저의 행복한 약혼이 그에게도 경사라고 생각했거든요. 그래서 이 소식을 전하는 데 더 이상 주저할 필요가 없게 되었지요. 하지만 편지를 부치기 전에 아버님께 말씀 드리고 싶었어요."

"얘야."

아버지가 말하고 나서 치아가 없는 입을 크게 벌렸다.

"좀 들어 봐라. 너는 그 일을 의논하러 온 게로구나. 그건 말할 것도 없이 대견한 일이야. 하지만 네가 진실을 다 털어놓지 않는 한 아무것도 아니야, 아니 그것보다 더 못된 짓이지. 다른 문제는 건드리고 싶지 않구나. 네 어머니가 죽은 이후에 안 좋은 일들이 일어났어. 아마 그것에 대해 말할 때가 오겠지. 그 시간이 생각보다 더 빨리 올지도 몰라. 상점에서는 나 모르게 넘어가는 것들이 있어. 설마 내게 숨기는 일은 없겠지. 내게 숨기는 일이 있으리라는 가정을 하고 싶지는 않아. 나는 더 이상 기력이 왕성하지 않단다. 기억력도 떨어지고. 더 이상 온갖 일에 일일이 신경을 쓸 수는 없어. 이것은 우선 자연의 섭리이고 그 다음으로는 네 어머니의 죽음이 너보다는 나에게 훨씬 더 많은 타격을 입혔기 때문일 거야.

그러나 이 편지와 관련된 문제에서만큼은, 얘야, 부탁하건대 나를 속이지 마라. 이건 아주 사소한 일이야. 한줌의 값어치도 안 되지. 그러니까 나를 속이지 마라. 정말 페테르부르크에 친구가 있니?"

게오르크는 당황하여 일어섰다.

"제 친구들 이야기는 그만 하지요. 수천 명의 친구들이 있다 해도 아버지를 대신하지는 못해요. 제가 어떤 생각을 하고 있는지 아세요? 아버지는 몸을 제대로 돌보지 않아요. 하지만 나이가 있는 법이에요. 아버지는 상점에서 없어서는 안 될 분이죠. 그건 아버지도 잘 아시잖아요. 하지만 상점 일이 아버지의 건강을 위태롭게 한다면 내일 당장 상점을 아예 닫아 버리겠어요. 이런 식으로는 안 돼요. 아버지도 다른 생활 습관을 갖도록 하셔야 해요. 근본적으로 말입니다. 여기 어두운 곳에 앉아 계시네요. 거실에는 햇볕이 잘 들어오는 데도 말입니다. 아침 식사도 대충 때우는 편이시죠. 닫혀 있는 창문 옆에 앉아 계시지만 말고 바깥 공기를 쐬면 좋을 거예요. 아니요, 아버지! 의사를 부르겠어요. 의사가 시키는 대로 하면 될 거예요. 방을 바꿔야겠어요. 아버지는 앞방으로 옮기시고 제가 여기로 들어올게요. 아버지에게는 아무런 변화도 없을 거예요. 모든 것을 함께 옮길 테니까요. 하지만 이 모든 일을 하려면 시간이 필요하겠지요. 지금은 잠깐이라도 침대에 누우세요. 절대 안정이 필요해요. 옷을 벗는 걸 도와 드릴게요. 제가 그렇게 할 수 있다는 것을 보시게 될 거예요. 아니면 지금 우선 제 방에 가서 누우세요. 아무래도 그게 좋을 것 같아요."

게오르크는 헝클어진 하얀 머리카락을 가슴 위로 늘어뜨린 아버지에 바짝 붙어 서 있었다.

"얘야."

아버지가 미동도 하지 않고 나지막한 목소리로 말했다. 게오르크는 즉시 아버지 옆에 무릎을 꿇고 앉아 아버지의 피곤한 얼굴에서 눈가에 닿을 정도로 확대된 동공이 자신을 향하고 있는 것을 보았다.

"너는 페테르부르크에 친구가 없어. 너는 항상 실없는 소리를 잘했고 나에 대해서도 자제할 줄 몰랐지. 대체 어떻게 그곳에 친구가 있단 말이니! 전혀 믿을 수가 없구나."

"다시 한 번 생각해 보세요, 아버지."

게오르크가 말하고 나서 아버지를 의자에서 일으켜 세운 다음 힘없이 서 있는 그의 잠옷을 벗겼다.

"이제 곧 3년이 돼 가요. 그때 제 친구가 우리 집에 찾아왔죠. 아버지가 그를 특별히 좋아하지는 않았다는 기억이 나요. 그가 제 방에 앉아 있었는데도 저는 아버지에게 적어도 두 번은 그가 없다고 말했어요. 저는 아버지가 그를 싫어하는 것을 잘 이해할 수 있었어요. 제 친구는 독특한 면을 지니고 있거든요. 하지만 나중에는 아버지가 그와 다시 사이좋게 이야기를 나누었지요. 당시에 저는 아버지가 그의 말을 귀담아들으며 고개를 끄덕이고 질문하는 것을 보고 마음이 뿌듯했어요. 잘 생각해 보면 기억나실 거예요. 그는 당시에 러시아 혁명에 대해 믿기 어려운 이야기들을 했어요. 예를 들어 키예프로 출장 갔을 때 폭동이 일어났고 이때 어떤 성직자가 발코니에서 손바닥에 칼로 넓은 십자가를 새겨 그 손을 치켜들고 군중에게 소리치는 광경을 보았다고 했지요. 아버지 자신이 이 이야기를 때때로 끄집어내곤 했잖아요."

그 사이에 게오르크는 아버지를 다시 앉히고 면 팬티 위에 입은 트리코 천 바지와 양말을 조심스럽게 벗기는 데 성공했다. 그다지 깨끗하지 않은 속옷을 보자 그는 아버지를 소홀히 대해 온 스스로를 책망했다. 아버지가 속옷을 갈아입도록 챙겨 주는 일도 분명히 자신의 의무일 터였다. 그는 아직 아버지의 미래를 어떻게 설계해야 할지 약혼녀와 이야기해 본 적이 없었다. 그러나 그들은 은연중에 아버지 혼자 옛집에 남게 되리라는 것을 염두에 두고 있었다. 하지만 이제 그는 앞으로 꾸미게 될 가정에서 아버지를 모시기로 굳게 마음먹었다. 좀 더 자세히 살펴보면 거기에서 아버지가 보살핌을 받는다 할지라도 너무 늦을 수도 있을 것 같았다.

그는 아버지를 팔에 안고 침대로 갔다. 침대 쪽으로 몇 걸음 가는 동안 아버지가 자신의 가슴에 달린 시계 줄을 만지작거리는 것을 알아챈 그는 끔찍스러운 느낌이 들었다. 그는 아버지를 곧바로 침대에 눕힐 수 없었다. 그만큼 아버지는 시계 줄을 꼭 붙들고 있었다.

그러나 아버지가 침대에 누우면서 모든 것이 잘된 것 같았다. 그는 손수 이불을 덮으면서 이불 자락을 어깨 위까지 끌어당겼다. 그리고 못마땅하지는 않은 표정으로 게오르크를 올려다보았다.

"아직 그가 생각나지 않으세요?"

게오르크가 묻고 나서 아버지의 기분을 풀어 주려고 고개를 끄덕여 보였다.

"이불이 잘 덮여졌니?"

아버지가 두 발이 제대로 덮여졌는지 알 수 없다는 듯이 물었다.

"침대가 벌써 마음에 드셨군요."

게오르크가 말하고 나서 다시 이불을 잘 덮어 주었다.

"이불이 잘 덮여졌니?"

아버지가 다시 한 번 묻고 대답에 특히 신경을 쓰는 것 같았다.

"진정하세요, 잘 덮여졌어요."

"아니야!"

질문에 대한 대답이 떨어지기가 무섭게 아버지가 소리쳤다. 그리고 이불을 홱 젖히고 나서는 침대 위에 서서 꼿꼿한 자세를 취했다. 그는 한 손으로 천장을 짚고 있었다.

"너는 나를 덮어 주고 싶었겠지. 그건 나도 알아, 이 녀석아. 하지만 아직 제대로 덮어 주지 못했어. 내가 비록 마지막 힘까지 짜내고 있지만 너를 상대하기에는 충분해. 너를 상대하기에는 넘칠 지경이지. 나는 네 친구를 잘 알아. 그가 내 마음속의 아들일지도 몰라. 그래서 너는 그를 몇 년 동안이나 속여 왔어. 다른 이유가 있겠니? 내가 그를 동정하여 울지 않았다고 믿니? 그 때문에 너는 사무실에 처박혀 있는 거지. 사장이 바쁘다는 핑계로 아무도 방해하지 말라고 했지만 사실은 러시아로 보낼 엉터리 편지를 쓰기 위해서야. 하지만 다행스럽게도 누가 가르쳐 주지 않아도 아버지는 아들을 꿰뚫어 볼 수 있어. 너는 지금 그를 수중에 넣었다고 믿고 있을 거야. 깔아뭉개도 괜찮을 정도로 말이야. 그는 꼼짝도 하지 않거든. 그때 나의 귀한 아들이 결혼을 결심했단 말이지."

게오르크는 아버지의 소름 끼치는 모습을 올려다보았다. 아버지가 갑자기 잘 안다고 말한 페테르부르크의 친구가 전에 없이 그를 사로잡았다. 드넓은 러시아에서 몰락한 친구의 모습이 보였다. 약탈당해 텅 빈 상점의 문가에 있는 친구의 모습이 보이기도 했다. 진열대의 잔해들, 찢겨 나간 상품들, 떨어지는 가스등 받침틀 사이에 그는 여전히 서 있었다. 왜 그는 그렇게 멀리 떠나야만 했단 말인가!

"내 말 똑바로 들어!"

아버지가 소리쳤다. 게오르크는 대체 무슨 일인가 하고 거의 정신없이 침대로 달려갔다. 그러나 달려가다 말고 멈칫했다.

"그년이 치마를 들어올렸기 때문이겠지."

아버지가 빈정거리기 시작했다.

"그년이 치마를 들어올렸기 때문에, 그 역겨운 여자가."

아버지가 자신의 말을 동작으로 나타내기 위해 팬티를 들어올리자 전쟁 때 부상으로 생긴 허벅지의 흉터가 보였다.

"그년이 치마를 이렇게 들어올렸기 때문에 너는 그년에게 홀딱 빠졌어. 너는 아무런 방해도 받지 않고 그년과 놀아나기 위해 어머니의 유품들을 욕보이고 친구를 배반하는가 하면 자기 아버지를 침대에 처박아 놓고 꼼짝도 못하도록 했단 말이야. 하지만 꼼짝도 하지 못하더냐?"

그는 완전히 자유로운 자세로 서서 두 발을 놀렸다. 그리고 의기양양한 표정을 지었다.

게오르크는 가능한 한 아버지로부터 멀리 떨어져 한구석에 서 있었다. 한참 전에 그는 모든 것을 정확하게 관찰해야겠다고 굳게 결심한 바가 있었다. 뒤통수를 얻어맞는 일을 당하지 않기 위해서였다. 지금 그는 이미 잊어버린 결심을 다시 기억해 냈다가 마치 짧은 실을 바늘귀에 꿸 때처럼 잊어버렸다.

"그렇지만 친구는 배반당하지 않았다!"

아버지가 소리쳤다. 좌우로 까딱거리고 있는 그의 집게손가락
이 이 말에 힘을 실어 주었다.

"나는 여기 현지에서 그의 대리인이었거든."

"코미디언이시군요!"

게오르크는 자기도 모르게 터져 나오는 소리를 억제하지 못했
다. 손해 볼 짓을 했다는 것을 즉시 깨달았으나 너무 늦었다. 그
는—두 눈을 부릅뜨고—혀를 깨무는 바람에 너무 아파서 몸을 숙
였다.

"그래, 물론 나는 코미디를 했다! 코미디! 좋은 말이야! 다 늙은
홀아비인 이 아비에게 다른 위안거리가 있겠니? 말해 봐라. 대답
하는 순간만큼은 아들 노릇을 해야지. 불성실한 종업원에 진절머
리를 내다 뼛속까지 늙어 버린 나에게 이 뒷방에서 무슨 낙이 있겠
니? 그런데 내 아들은 환호성을 지르며 세상을 돌아다니다가 내가
준비해 온 거래들을 성사시켜 놓고는 즐거움에 날뛰면서도 자기
아버지 앞에서는 과묵한 신사의 얼굴을 하고서 시치미를 떼다니.
내가 너를 사랑하지 않았다고 믿니, 너를 낳게 한 내가?"

'이제 아버지는 몸을 앞으로 숙이게 될 거야.'

게오르크는 생각했다.

"그리고 넘어져서 몸이 으스러지기라도 한다면!"

이 말이 그의 뇌리를 스쳐 갔다.

아버지는 몸을 앞으로 숙이기는 했지만 넘어지지는 않았다. 그는 자신이 기대한 것처럼 게오르크가 가까이 다가오지 않자 다시 몸을 일으켰다.

"그 자리에 그냥 있거라. 나는 네가 필요 없어. 너는 여기로 올 힘은 있지만 아직 마음이 내키지 않아서 머뭇거리고 있을 뿐이라고 생각하겠지. 착각하지 마라. 나는 여전히 훨씬 더 힘이 세다니까. 나 혼자라면 아마 물러서고 말았겠지만 네 어머니가 힘을 보태 주었거든. 네 친구와 나는 결속이 잘되고 있어. 네 고객 명단도 여기 호주머니 속에 있단다."

"팬티 속에도 호주머니가 있다니!"

게오르크가 중얼거렸다. 그는 자신이 이 말로 아버지를 세상에 가당치도 않은 짓을 저지르는 사람으로 만들 수도 있다고 믿었다. 그가 이런 생각을 한 것은 잠시뿐이었다. 곧 모든 것을 잊어버렸기 때문이다.

"네 신부와 팔짱을 끼고 내 앞에 나타나기만 해 봐! 그년을 네 곁에서 쫓아내 버릴 테니. 두고 봐!"

게오르크는 믿기지 않는다는 듯이 얼굴을 찡그렸다. 아버지는 자신이 한 말이 진심이라는 것을 강조하듯이 게오르크가 서 있는 구석을 향해 고개를 끄덕여 보였을 뿐이다.

"오늘 네가 나를 찾아와 친구에게 약혼에 관해 편지를 보내야 할지 물었을 때 얼마나 재미있었는지 모른다. 하지만 그는 모든 것을 알고 있어, 이 멍청아. 그는 모든 것을 알고 있단 말이야. 네가 나에게서 필기도구를 빼앗는 것을 잊어버렸기 때문에 내가 그에게 편지를 썼지. 그래서 그가 몇 년째 오지 않는 거야. 그는 너 자신보다 모든 것을 백 배나 더 잘 알고 있어. 그는 네 편지는 읽지도 않고 왼손으로 확 구겨 버리면서도 오른손에 쥔 내 편지는 들고 읽어 본단 말이다!"

아버지는 신이 나서 팔을 머리 위로 흔들어 댔다.

"그는 모든 것을 천 배나 더 잘 알고 있어!"

아버지가 소리쳤다.

"만 배는 아니고요!"

그는 아버지를 비웃기 위해 이 말을 했다. 그러나 그의 입 안에서 이 말은 더할 나위 없이 진지한 울림을 지니고 있었다.

"몇 년 전부터 네가 이 문제를 들고 나오리라는 것을 눈여겨보고 있었지. 다른 어떤 것이 내 관심을 끈다고 믿니? 내가 신문을 읽는다고 믿니? 여기 있다!"

그가 어쩌다가 침대 속에 들어가 있던 신문지 한 장을 게오르크에게 던졌다. 그것은 게오르크에게 완전히 낯선 이름을 지닌 오래된 신문이었다.

"너는 뒤늦게 철이 들었어! 그 사이에 네 어머니는 세상을 떠나

고 말았지. 좋은 날도 한 번 못 보고 말이야. 친구는 러시아에서 망해 가고 있어. 벌써 3년 전에 내동댕이쳐지고 말았어. 내 형편이 어떤지는 너도 알 거야. 그만한 눈은 있겠지!"

"그러니까 아버지는 내 주변을 엿보고 있었군요!"

게오르크가 소리쳤다.

아버지는 동정하듯이 덧붙여 말했다.

"아마 더 일찍 그 말을 하고 싶었겠지. 이제는 더 이상 어울리지 않아."

그러면서 아버지는 더 큰 소리로 말했다.

"지금은 너도 네 자신 말고도 무엇이 있는지 알겠구나. 이제까지 너는 너밖에 몰랐어. 너는 원래 순진한 아이였지. 그러나 더 본질적으로는 악마 같은 인간이었어! 그러니까 잘 알아 두어라. 나는 너에게 물에 빠져 죽을 것을 선고한다!"

게오르크는 방에서 쫓겨나는 듯한 느낌이 들었다. 그의 뒤에서 아버지가 침대에 쓰러지는 소리가 귓전에 울렸다. 마치 경사진 평면 위를 지나듯이 계단을 급히 내려오다가 그는 아침 청소를 하기 위해 막 위로 올라가려던 하녀와 부딪쳤다. 그녀가 "어머나!"라고 소리치며 앞치마로 얼굴을 가렸지만 그는 이미 사라지고 없었다. 대문을 뛰쳐나온 그는 차도를 건너 물가로 내달았다. 벌써 그는 굶주린 자가 음식을 움켜잡듯이 난간을 움켜잡고 있었다. 그는 소년 시절 부모의 자랑거리였던 뛰어난 체조 선수의 자세로 몸을 흔들었다. 점점 힘이 빠지는 두 손으로 붙잡고 있던 난간 기둥들 사이로 그는 자신이 밑으로 떨어지는 소리가 들리지 않게 해줄 듯한 버스를 엿보면서 나지막이 외쳤다.

"부모님, 저는 두 분을 항상 사랑했어요."

그리고 밑으로 떨어졌다. 이 순간 다리 위에는 끊임없이 오가는 자동차 행렬이 이어졌다.

제1장

그레고르 잠자는 어느 날 아침 불안한 꿈에서 깨어났을 때 자신이 침대 위에 거대한 해충으로 변해 있는 것을 발견했다. 그는 갑각류의 딱딱한 등을 대고 누워 있었으며 머리를 조금 들자 활 모양의 마디들로 나누어진 갈색을 띤 반원형의 배가 보였다. 그 꼭대기에는 침대 시트가 거의 미끄러져 흘러내리기 직전의 상태로 아슬아슬하게 걸려 있었다. 평소의 굵기에 비해 형편없이 가느다란 여러 개의 다리가 눈앞에서 힘없이 흔들거렸다.

그는 '나에게 무슨 일이 일어난 것일까?' 하고 생각했다. 그것은 꿈이 아니었다. 다소 작기는 하지만 사람이 사는 정상적인 그의 방은 낯익은 네 개의 벽으로 둘러싸여 있었다. 옷감 견본들이 풀어헤쳐져―잠자는 외판사원이었다―널려 있는 책상 위로는 그가 얼마 전에 대중 잡지에서 오려 내 예쁜 금박 액자에 끼워 넣은 사진이 걸려 있었다. 그 사진은 꼿꼿한 자세로 앉아 있는 한 여인이 모피 모자와 목도리로 치장을 하고 팔꿈치 아래를 완전히 덮은 무거운 모피 토시를 앞을 향해 쳐들고 있는 모습을 보여 주고 있었다.

그레고르의 시선은 그 다음에 창문을 향했다. 흐린 날씨가―창가의 함석 위로 빗방울이 떨어지는 소리가 들렸다―그를 완전히 울적하게 만들었다. 그는 '조금 더 자고 나서 이 모든 황당한 일들을 잊어버리는 게 어떨까' 하고 생각했다. 그러나 그것은 실행에 옮기기 힘들었다. 오른쪽으로 누워 잠을 자는 데 익숙해 있었으나 현재의 상태로는 그 자세를 취할 수 없었기 때문이다. 몸을 오른쪽으로 돌리려고 아무리 애를 써도 매번 누운 자세로 되돌아왔다. 그는 골백번도 더 시도하다가 버둥거리는 다리들이 보기 싫어 두 눈을 감았다. 옆구리에 전에 없던 가벼운 통증을 어렴풋이 느끼기 시작했을 때에야 그 짓을 그만두었다.

그는 다음과 같은 생각이 들었다.

'아, 이다지도 힘든 직업을 선택할 게 뭔가! 자나 깨나 여행이다. 이 일은 회사 내에서의 고유 업무보다 훨씬 더 신경을 자극한다. 이 밖에도 여행의 괴로움을 감수해야 한다. 기차 연결에 대한 걱정, 형편없는 식사, 항상 상대방이 바뀌어 지속적이지 않고 진정으로 맺어지지도 않는 인간관계 등이 바로 그렇다. 악마라도 있어

서 이 모든 것을 가져가 버렸으면!'

그는 배 위쪽에 가벼운 가려움증을 느끼고 머리를 더 잘 쳐들기 위해 드러누운 상태에서 몸을 밀어 침대 다리 가까이로 갔다. 조그마한 하얀 점들이 박혀 있는 가려운 부위는 뭐라고 말해야 좋을지 몰랐다. 그는 다리 하나로 그 부위를 건드리려다가 금방 움츠러들었다. 다리가 그 부위에 닿는 순간 온몸에 경련이 일 정도로 아파 왔기 때문이다.

그는 다시 이전의 위치로 되돌아와 생각에 잠겼다.

'이렇게 이른 시간에 일어나니까 사람이 바보가 되는 거야. 사람은 잘 만큼 자야 돼. 다른 외판사원들은 후궁의 여인들처럼 살고 있지 않은가. 예를 들어 내가 오전 중에 여관으로 돌아가 성사된 계약들에 관한 서류를 작성할 때에야 이 양반들은 겨우 아침 식사를 하는 정도야. 이것을 사장에게 알렸어야 했어. 그 자리에서 달려가야 하는 건데. 하지만 그것이 나에게 썩 좋지 않은 일이 될지 누가 알겠어. 부모님을 생각해서 참지 않았더라면 벌써 일을 그만두었을 거야. 사장 앞으로 걸어가 내 생각을 솔직하게 털어놓았겠지. 그러면 그는 책상에서 굴러 떨어지고 말 거야. 그가 책상 위에 앉아 높은 곳에서 내려다보며 직원들과 이야기하는 방식 또한 특이하다고 할 수 있지. 게다가 직원들은 사장 말을 잘 알아들을 수 없어서 아주 가까이 다가가야 하거든. 어쨌든 희망을 아직 완전히 포기한 것은 아니야. 부모님이 그에게 진 빚을 갚을 수 있을 만큼 돈을 모으면—5, 6년은 더 걸리겠지만—무조건 그렇게 할 거야. 그러면 큰일을 해내는 셈이지. 물론 우선은 일어나야 해. 기차가 5시에 출발하니까.'

그리고 그는 진열장 위에서 째깍거리고 있는 자명종 시계를 올려다보았다. 그는 "이런 세상에!"라고 중얼거렸다. 6시 30분이었다. 분침은 조용히 앞으로 나아갔다. 심지어 30분을 지나 벌써 45분에 가까워지고 있었다. 자명종이 울리지 않은 것은 아닐까? 침대에서 보니 그것은 4시에 제대로 맞춰져 있었다. 자명종이 울린 것은 틀림없었다. 그래, 하지만 가구를 뒤흔들 정도의 소리를 듣고서도 편안히 늦잠을 잤을 수도 있지 않았을까? 그는 편안하게 잠을 자지 못했었다. 그러나 그럴수록 더욱 곤히 잠들었는지도 몰랐다. 이제 어떻게 해야 하지? 다음 기차는 7시에 출발했다. 그 기차를 잡아타려면 정신없이 서둘러야 했다. 옷감 견본들은 아직 챙겨 놓지 못했다. 그리고 그 자신도 특별히 개운한 느낌은 들지 않았다. 설사 그가 기차를 잡아탄다 할지라도 사장의 노발대발은 피할 수 없을 것이다. 왜냐하면 사환이 5시 기차를 기다리고 있다가 그가 지각한 사실을 이미 보고했을 터였기 때문이다. 줏대도 이해심도 없는 사환은 사장의 앞잡이였다. 그가 병가를 내면 어떨까? 그러나 그것은 극도로 멋쩍고 의심스러운 일이 될 것이다. 그리고르는 5년 동안 근무하면서 아직 한 번도 아픈 적이 없었기 때문이다. 분명히 사장은 보험 회사 소속 의사와 함께 와서는 부모님에게 게으른 아들을 비난할 것이고 어떠한 항변도 의사의 지적 사항을 내세워 가로막을 것이다. 의사의 입장에서는 건강하지만 일하기 싫어하는 사람들이 있을 뿐이다. 게다가 이 경우에는 그 입장이 완전히 틀린 것일까? 그레고르는 실제로 잠을 오래 자고 난 이후의 쓸데없는 나른함을 제외하고는 몸 상태가 매우 좋다고 느꼈고 심지어는 몹시 배가 고팠다.

그가 침대를 벗어날 결심을 하지 못한 채 이 모든 것을 최대한 신속하게 따져 보고 있을 때—자명종이 6시 45분을 알렸다—침대 머리맡의 문에서 노크 소리가 났다.

"그레고르야."

누군가가 자신을 불렀다. 어머니였다.

"6시 45분이야. 나가지 않을 작정이니?"

이 부드러운 목소리! 그레고르는 자신이 대답하는 목소리를 듣고 깜짝 놀랐다. 그것은 틀림없이 이전의 목소리였으나 거기에는 마치 저 밑에서 울려 나오듯이 억누를 수 없는 고통스러운 쇳소리가 뒤섞여 있었다. 그러한 쇳소리로 인해 말은 첫 순간에만 또렷하게 들렸을 뿐, 여운 속에서는 제대로 들었는지 알 수 없을 정도로 엉망이 되었다. 그레고르는 충분한 대답과 함께 모든 것을 설명하고 싶었으나 이 상태에서는 "예, 예, 고마워요, 어머니. 벌써 일어나는 중이에요"라고 말하는 데 그쳤다. 나무문 때문에 그레고르의 목소리가 달라진 것을 바깥에서는 눈치 채지 못한 것이 분명했다. 어머니가 이러한 설명에 안심을 하고 신발을 끌며 돌아섰기 때문이다. 그러나 몇 마디의 대화로 인해 다른 가족들도 그레고르가 뜻밖에도 아직 집에 있다는 사실에 주의를 기울이게 되었다. 벌써 아버지는 약하기는 하지만 주먹으로 옆문을 두드렸다.

"그레고르, 그레고르."

아버지가 불렀다.

"대체 무슨 일이냐?"

잠시 후 아버지는 목소리를 더 깔고 한 번 더 재촉했다.

"그레고르! 그레고르!"

또 다른 옆문에서는 누이동생이 낮은 목소리로 호소했다.

"오빠? 몸이 안 좋아? 필요한 게 있어?"

양쪽 문을 향해 그레고르가 대답했다.

"준비 다 됐어요."

그리고 세심하게 발음하고 단어 사이를 길게 띄움으로써 자신의 목소리에서 이상한 점이 드러나지 않도록 노력했다. 아버지는 아침 식사 자리로 되돌아갔지만 누이동생이 속삭였다.

"오빠, 문 좀 열어 봐. 부탁이야."

그러나 그레고르는 문을 열 생각은 전혀 하지 않고 여행에서 생긴 버릇이지만 집에서도 밤에는 모든 문을 잠그는 신중함을 다행으로 여겼다.

우선 그는 방해를 받지 않고 조용히 일어나 옷을 입고 무엇보다도 아침 식사를 하고 싶었다. 그러고 나서 그 다음 일을 곰곰이 생각해 보고자 했다. 침대에서 심사숙고를 해 봐야 이성적인 결말에 이르지 못하리라는 것을 깨달았기 때문이다. 그는 이전에도 자주 잠자리에서 잘못된 자세 때문에 가벼운 통증을 느꼈지만 정작 일어나 보면 단순한 착각에 지나지 않았었다는 것을 기억해 냈다. 그는 오늘의 공상이 점차 없어지리라는 기대에 부풀었다. 목소리의 변화가 외판사원들의 직업병인 지독한 감기의 징후라는 것을 조금도 의심치 않았다.

이불을 걷어 내는 일은 아주 간단했다. 몸을 약간 부풀리기만 했을 뿐인데 이불은 저절로 미끄러져 내렸다. 그러나 더 이상의 동작은 어려웠다. 특히 그의 몸이 옆으로 퍼져 있었기 때문이다. 그가 자신의 몸을 일으켜 세우려면 팔과 손이 필요했을 것이다. 하지만 그것 대신에 그가 가진 것이라고는 끊임없이 마구 움직이는 데다가 제어할 수도 없는 많은 다리들뿐이었다. 그가 다리 하나를 구부려 보려고 하자 그것이 제일 먼저 꼿꼿한 자세를 취했다. 마침내 그가 이 다리를 원하는 대로 움직일 수 있게 된 사이에 다른 모든 다리들은 극도로 고통스러운 흥분에 빠져 마치 자유롭게 풀려 난 듯이 버둥거렸다. 그레고르는 "쓸데없이 침대 속에 있지 말아야겠어" 라고 중얼거렸다.

우선 그는 하반신을 이용하여 침대에서 빠져나오려고 했다. 그러나 아직 눈으로 확인하지 못했을 뿐만 아니라 어떻게 생겼는지 상상조차 하기 힘든 하반신을 움직이기가 너무 어렵다는 것을 알게 되었다. 그 동작이 얼마나 느린지 몰랐다. 그가 결국 거의 미친 듯이 온 힘을 모아 사정없이 앞으로 돌진했지만 방향을 잘못 잡아 침대 다리 아랫부분에 심하게 부딪혔다. 그가 느낀 타는 듯한 통증은 순간적으로 하반신이 어쩌면 가장 예민한 부분이라는 것을 가르쳐 주었다.

그래서 그는 먼저 상반신을 침대에서 빼내려고 시도하면서 머리를 침대 언저리 쪽으로 조심스럽게 돌렸다. 이 일은 쉽게 해냈다. 넓이와 무게에도 불구하고 결국 몸 전체가 머리가 움직이는 방향으로 천천히 따라왔다. 그러나 그는 머리를 마침내 침대 바깥의 허공에 두게 되자 이러한 방식으로 계속 밀고 나갈 일이 걱정되었다. 그가 결국 바닥에 떨어질 때 머리를 다치지 않으려면 기적이 일어나야 했기 때문이다. 그는 지금 어떤 경우에도 분별력을 잃어서는 안 되었다. 차라리 그는 침대에 머물고 싶었다.

그러나 그는 다시 똑같은 노력을 기울여 이전의 위치로 되돌아가서 자신의 작은 다리들이 가능한 한 더 볼썽사납게 서로 싸우는 것을 보았을 뿐만 아니라 이러한 횡포를 진정시키고 질서를 잡을 가능성이 없다는 것을 느꼈다. 그래서 그는 다시 침대에 머무는 일은 불가능하며 침대를 벗어날 조그마한 희망이라도 있다면 어떤 희생을 무릅쓰고라도 침대를 벗어나는 것이 상책이라고 생각했다. 그러나 그는 동시에 절망감이 깃든 결심보다는 차분한 심사숙고가 훨씬 낫다고 스스로에게 상기시키는 것을 잊지 않았다. 그 순간에 그는 두 눈을 가능한 한 재빨리 창문으로 향했다. 그러나 아쉽게 도 심지어 좁은 길의 반대편마저 뒤덮은 아침 안개에서 확신이나 활력을 얻기는 힘들었다.

"벌써 7시야."

또다시 자명종이 울리자 그가 중얼거렸다.

"벌써 7시인데 안개는 여전하군."

그는 잠시 숨을 약하게 내쉬며 조용히 누워 있었다. 마치 완전한 정적 속에서 현실적인 상태로 되돌아가기를 기대하는 것 같았다.

그 다음에 그가 중얼거렸다.

"7시 15분 종을 치기 전에 나는 무조건 침대를 벗어나 있어야 돼. 어쨌든 그때까지는 내 상황을 알아보기 위해 누군가가 사무실에서 올 거야. 사무실은 7시 전에 문을 열거든."

이제 그는 몸을 균등하게 좌우로 움직여 침대에서 빠져나오려고 했다. 이런 방식으로 침대에서 떨어질 때 머리를 재빨리 쳐들면 다치지는 않을 터였다. 등은 딱딱해 보여서 양탄자 위에 떨어질 경우 아무렇지도 않을 것 같았다. 온갖 것에 마음을 쓰다 보니 쿵 하고 떨어지는 소리까지 고려하게 되었다. 분명히 그런 소리가 나서 각각의 문 뒤에 있는 식구들을 깜짝 놀라게 만들지는 않을지라도 걱정을 끼치게 될지도 모르는 일이었다. 그러나 이것을 감수하는 수밖에 없었다.

그레고르는 침대에서 절반쯤 빠져나왔을 때—새로운 방법은 노력이 필요하다기보다는 놀이에 가까웠다. 그는 간헐적으로 몸을 흔들기만 하면 되었다—누군가가 자신을 도와주러 오면 모든 것이 얼마나 간단할까 하는 생각이 떠올랐다. 두 명의 힘센 사람이면—그는 아버지와 하녀를 떠올렸다—충분했다. 그들은 아치형 등 밑으로 팔을 집어넣어 그를 침대에서 들어올린 다음 몸을 굽히고 그가 바닥에 훌쩍 내려앉을 수 있도록 조심스럽게 도와주기만 하면 되는 것이다. 그 다음에는 작은 다리들이 어떤 의미를 가지게 되기를 바랐다. 문들이 잠겨 있다는 점을 제외하더라도 그가 실제로 도움을 청해야 했을까? 모든 곤경에도 불구하고 그는 이런 생각을 하면서 미소를 억누를 수 없었다.

그는 벌써 몸을 더 세게 흔들어 균형을 잡을 수 없는 단계에까지 와 있었다. 곧 최종적으로 결정을 해야만 했다. 5분만 지나면 7

시 15분이 되기 때문이었다. 그때 현관문의 초인종이 울렸다.

"사무실에서 누군가가 왔군."

그가 중얼거리는 동안 몸통은 거의 굳어진 반면에 그의 다리들은 더욱 분주하게 춤을 췄다. 한순간 모든 것이 조용해졌다.

"문을 열어 주지 않는구나."

그레고르가 어떤 터무니없는 희망에 사로잡혀 중얼거렸다. 그러나 곧 늘 그랬듯이 하녀가 힘찬 발걸음으로 나가서 문을 열어 주었다. 그레고르는 방문객의 첫 인사말만 듣고서도 그가 누구인지—바로 지배인이었다—벌써 알았다. 왜 그레고르만이 아주 사소한 지각에도 금방 엄청난 의심을 사는 회사에 근무하는 신세가 되었단 말인가? 대체 모든 직원들이 하나같이 한량이란 말인가? 그들 중에서 아침나절 2시간 정도 회사를 위해 일하지 않은 것을 가지고 양심의 가책에 못 이겨 멍청해져서 침대를 벗어날 엄두를 못 내는 충실하고 헌신적인 사람이 없단 말인가? 실제로 견습사원에게 사정을 알아보도록 해도—이러한 질문이 정말 필요하다면—충분하지 않았을까? 지배인이 직접 와야 했을까? 이처럼 의심스러운 사건에 대한 조사가 지배인의 양식에 의존할 수밖에 없다는 것을 아무 죄도 없는 가족에게 보여 주어야 했을까? 올바른 결단에 따른 것이라기보다는 이런 저런 생각에 흥분한 나머지 그레고르는 온 힘을 다해 침대에서 뛰어내렸다. 바닥에 부딪히는 소리가 크게

나기는 했지만 대단한 것은 아니었다. 양탄자가 떨어질 때의 충격을 완화시켜 주었다. 등 또한 그레고르가 생각한 것보다 탄력이 있었다. 그래서 주의를 끌 만한 둔탁한 울림은 들리지 않았다. 다만 머리를 제대로 가누지 못한 탓에 바닥에 부딪혔다. 그는 분노와 고통 속에서 머리를 양탄자 쪽으로 돌려 문질렀다.

"저 안에서 뭔가 떨어졌어요."

지배인이 왼쪽 옆방에서 말했다. 그레고르는 지배인에게도 오늘 자신의 경우와 비슷한 일이 일어날 수 있을지 상상해 보았다. 그 가능성만큼은 인정해야 했다. 그러나 이 질문에 아무렇게나 대답하려는 듯이 지배인은 옆방에서 몇 발짝 힘주어 걸으며 에나멜 가죽 장화가 삐걱거리는 소리를 냈다. 오른쪽 옆방에서는 누이동생이 속삭이는 목소리로 그레고르에게 말을 건넸다.

"오빠, 지배인이 와 있어."

"알아."

그레고르가 허공에 대고 말했다. 그러나 누이동생이 알아들을 수 있을 만큼 목소리를 높일 엄두는 나지 않았다.

"그레고르야."

이제는 아버지가 왼쪽 옆방에서 말했다.

"지배인님이 오셔서 네가 왜 새벽 기차로 떠나지 않았는지 물어 보시는구나. 이분에게 무슨 말을 해야 할지 모르겠다. 게다가 이

분은 너와 직접 이야기하고 싶어 하시거든. 그러니까 문 좀 열어
봐. 이분은 방이 지저분하더라도 양해하실 거다."

"안녕하세요, 잠자 씨!"

그 사이에 지배인이 다정하게 말했다.

"그 애 몸이 안 좋아요."

어머니가 지배인에게 말하는 동안 아버지는 여전히 문 옆에서
말하고 있었다.

"그 애 몸이 안 좋아요. 그렇지 않고서야 어떻게 기차를 놓칠 수
있겠어요! 이 아이의 머릿속에는 업무밖에 없어요. 저녁에도 외출
한 번 하지 않아서 내가 화가 날 지경이라니까요. 이번에도 일주
일 내내 시내에서 지냈지만 저녁만 되면 집에 붙어 있는 거예요.
그리고는 식탁에 앉아 조용히 신문을 읽거나 열차 시간표를 들여
다보지요. 아니면 실톱으로 무엇인가를 만드는 일만 해도 벌써 기
분 전환이 되는가 봐요. 예를 들어 2, 3일 저녁이면 작은 액자 하
나를 만들기도 했거든요. 그것이 얼마나 예쁘게 생겼는지 보시면
놀라실 겁니다. 그건 방에 걸려 있어요. 그레고르가 문을 열면 곧
보실 수 있을 겁니다. 지배인님이 이렇게 와 주셔서 마음이 뿌듯
합니다. 우리 힘으로는 그레고르가 문을 열게 만들 수 없었을 테
니까요. 그 아이는 고집이 세지요. 그리고 그레고르가 새벽에 아
니라고는 했지만 몸이 안 좋은 것이 분명해요."

"곧 갈게요."

그레고르가 생각에 잠겨 천천히 말했다. 하지만 한마디의 대화도 놓치지 않기 위해 움직이지는 않았다.

"그런데, 부인, 달리 설명할 길이 없군요."

지배인이 말했다.

"몸 상태가 심각하지 않기를 바랍니다. 꼭 말씀 드려야 한다면 우리 직장인들은, 불행인지 다행인지 모르겠지만, 가벼운 몸살쯤은 회사를 생각해서 그냥 이겨 내야 하는 경우가 매우 흔합니다."

"그러니까 지배인님이 네 방으로 들어가도 되겠니?"

조급해진 아버지가 묻고 나서 다시 문을 두드렸다.

"아뇨."

그레고르가 말했다. 왼쪽 옆방에는 고통스러운 정적이 찾아들었다. 오른쪽 옆방에서는 누이동생이 흐느끼기 시작했다.

누이동생은 대체 왜 다른 사람들에게 가지 않았을까? 그녀는 이제야 침대에서 일어나 아직 옷을 입을 생각조차 하지 않고 있는 것이 분명했다. 그녀는 대체 왜 우는 걸까? 그가 일어나지도 않고 지배인을 안으로 들어오지도 못하게 할 뿐만 아니라 일자리를 잃을 위험에 처해 있고 사장이 부모님에게 예전의 요구 사항을 다시 들이밀게 되리라는 것 때문일까? 그것은 하지만 당장에는 쓸데없는 걱정이었다. 아직 그레고르는 그대로 있었으며 가족을 떠날 생각은 추호도 없었다. 한순간 그는 양탄자 위에 편히 누워 있었다. 그의 상태를 안다면 그 누구도 자신에게 지배인을 들여보내라고 진심으로 요구할 수는 없을 것이었다. 그러나 나중에 쉽사리 적당한 변명거리를 찾아내기는 하겠지만 이러한 약간의 무례함 때문에 그레고르를 즉시 쫓아낼 수는 없는 법이다. 그레고르의 입장에서는 자신을 울음과 설득으로 괴롭히는 대신 조용히 내버려두는 것이 훨씬 더 이성적인 것처럼 보였다. 그러나 바로 이러한 불명확한 태도가 다른 사람들을 압박하고 그들의 행동에 빌미를 주었다.

"잠자 씨."

지배인이 목소리를 높여 불렀다.

"대체 무슨 일이에요? 당신은 방 안에 틀어박혀 예, 아니오, 라는 대답만 하며 부모님께 쓸데없이 심한 걱정을 끼치는가 하면, 부수적으로 언급하는 것이지만, 전례 없는 방식으로 업무상의 의무를 저버리고 있어요. 나는 여기에서 당신 부모님과 사장의 이름으로 말합니다. 즉시 명확한 설명을 해 주기를 진정으로 요청하겠어요. 놀랍군요. 놀라워요. 나는 당신이 조용하고 이성적인 사람이라고 믿어 왔어요. 지금 당신은 갑자기 특이한 기분을 과시하고 싶은 듯이 보이는군요. 사장이 오늘 아침 나에게 당신의 지각에 대한 그럴듯한 설명을 암시하기는 했지만, 그건 얼마 전에 당신에게 맡긴 수금 업무와 관련된 것이었죠, 나는 그럴 리가 없다고 내

명예를 걸고 옹호했답니다. 그러나 지금 여기에서 당신의 이해할 수 없는 고집을 보니 당신을 위해 조금이라도 중재에 나설 기분이 싹 가시는군요. 그리고 당신의 지위도 아주 확고한 것은 아닙니다. 나는 원래 이 모든 것을 단둘이 이야기할 생각이었어요. 그러나 당신이 쓸데없이 내 시간을 허비하게 만들고 있기 때문에 당신 부모님이 이것을 알아서는 안 될 이유가 없을 겁니다. 말하자면 최근에 당신의 업적은 매우 불만족스러웠어요. 특별한 실적을 올릴 만한 계절이 아니기는 하지만, 이건 우리도 인정해요, 아무런 실적도 올리지 못하는 계절은 없는 법입니다. 잠자 씨, 그래서는 안 되지요."

"하지만 지배인님."

그레고르가 자기도 모르게 소리를 질렀다. 그는 흥분하여 다른 모든 것을 잊어버렸다.

"즉시, 당장에 문을 열겠습니다. 가벼운 몸살이나 현기증으로 인해 일어나지 못했습니다. 지금은 아직 침대에 누워 있어요. 하지만 벌써 다시 건강해졌어요. 지금 침대에서 내려오고 있는 중입니다. 조금만 참아 주세요! 생각만큼 쉽지가 않네요. 하지만 몸은 벌써 좋아졌어요. 사람에게 이런 일이 닥치다니! 어제저녁만 해도 건강은 매우 좋았어요. 부모님도 알고 계시지요. 아니면 벌써 어제저녁에 어렴풋한 예감이 들었다고 하는 편이 더 낫겠네요. 내

안색을 보면 그것을 알아차릴 수 있었을 거예요. 이것을 회사에 왜 알리지 않았을까요? 사람들은 집에 머물지 않고서도 병을 이겨 내리라고 생각하거든요. 지배인님! 우리 부모님에게 뭐라고 하지 마세요. 당신이 지금 저에게 퍼붓는 모든 비난은 당치도 않습니다. 사람들이 나에게 그런 말을 한 적도 없어요. 당신은 아마도 제가 보낸 계약서를 아직 읽지 않은 모양입니다. 어쨌든 8시 기차로 출발하겠어요. 몇 시간 쉬고 나니 원기를 회복했어요. 저에게 개의치 마십시오, 지배인님. 제가 곧 회사로 나가지요. 사장님에게 이것을 전하면서 저를 선처해 달라고 잘 말씀 드려 주세요."

그레고르는 이 모든 이야기를 급하게 쏟아 내면서도 자신이 무슨 말을 하는지 거의 몰랐지만 그 사이에 침대에서 이미 행한 연습 덕분에 옷장에 쉽게 다가가 몸을 세우려고 했다. 그는 실제로 문을 열고 모습을 드러낸 상태에서 지배인과 말하고 싶었다. 지금 그렇게 자신을 찾는 다른 사람들이 그 모습을 보고 뭐라고 할지 몹시 궁금했다. 그들이 소스라치게 놀란다면 그레고르는 더 이상 아무런 부담을 가질 필요 없이 조용히 있으면 되었다. 그러나 그들이 모든 것을 차분히 받아들인다면 그도 흥분할 이유가 없었으며 서두른다면 8시에 실제로 기차 역에 도착할 수 있었다. 처음에 그는 몇 번 매끄러운 옷장에서 미끄러진 후 마침내 훌쩍 몸을 날려 똑바로 일어섰다. 하반신이 매우 쑤셨지만 그 통증에 대해서는 더 이상 신경 쓰지 않았다. 이제 그는 근처의 의자 등받이에 떨어져서는 다리들을 이용하여 그 언저리를 붙잡았다. 이와 함께 몸을 제어할 수 있게 된 그는 입을 다물었다. 지배인의 말이 들려왔기 때문이다.

"한마디라도 이해하셨어요?"

지배인이 부모님에게 물었다.

"그가 우리를 바보로 만들려고 하는 것 같지 않아요?"

"하느님 맙소사."

어머니는 벌써 울면서 외쳤다.

"얘가 몹시 아픈가 봐요. 우리가 그를 괴롭히고 있어요. 그레테! 그레테!"

그녀가 소리쳤다.

"엄마?"

누이동생이 다른 쪽에서 소리쳤다. 그들은 그레고르의 방을 사이에 두고 대화를 나누고 있었다.

"당장 의사에게 가 봐라. 그레고르가 아픈단다. 빨리 의사를 찾아봐라. 그레고르가 지금 얘기하는 것을 들었니?"

"그건 동물의 목소리였어요."

어머니가 절규하는 가운데 지배인이 눈에 띄게 낮은 목소리로 말했다.

"안나! 안나!"

아버지가 부엌으로 통하는 곁방 너머에서 소리치며 손뼉을 쳤다.

"즉시 열쇠 수리공을 불러와!"

두 여자는 벌써 옷자락 스치는 소리를 내며 곁방을 통과해 달려가―누이동생은 대체 어떻게 그리도 빨리 옷을 입었을까?―현관문을 열어젖혔다. 문이 닫히는 소리는 들리지 않았다. 그들이 문을 열어 둔 채로 놔둔 것이 분명했다. 이것은 커다란 불행이 닥친 집에서 흔히 볼 수 있는 일이었다.

그레고르는 하지만 훨씬 더 안정을 찾았다. 그의 말은 아마도 귀에 익숙해진 결과 자신에게는 이전보다 더 분명하게 들렸음에도 불구하고 다른 사람들은 더 이상 이해하지 못했다. 그러나 어쨌든 그들은 벌써 그가 온전치 못하다는 것을 믿게 되었고 그를 도와줄 준비가 되어 있었다. 최초의 조치를 취하게 만든 신뢰와 믿음이 그의 마음에 들었다. 그는 다시 인간 세상으로 편입된 듯한 느낌이 들었으며 의사와 열쇠 수리공 중 누구라 할 것도 없이 두 사람 모두에게서 대단하고 깜짝 놀랄 만한 성과를 기대했다. 결정적인 논의를 하기에 앞서 가능한 한 분명한 목소리를 내려고 그는 약간 헛기침을 했다. 물론 소리를 죽이려고 애썼다. 이 소음은 이미 인간의 기침 소리와는 다르게 들렸기 때문에 그 스스로도 더 이상 분간할 엄두가 나지 않았다. 옆방은 그 사이에 완전히 조용해졌다.

아마 부모님은 지배인과 함께 책상 옆에 앉아 귓속말을 하고 있을 터였다. 혹시 모두가 문가에 기대서서 귀를 기울이고 있는지도 몰랐다.

그레고르는 천천히 몸을 의자와 함께 문 쪽으로 밀고 가서는 의자에서 몸을 날려 문에 달라붙은 다음—다리 발바닥의 불룩한 부분에는 약간의 끈끈이가 붙어 있었다—힘든 일에서 벗어나 잠시 휴식을 취했다. 그러나 곧 그는 자물통 안의 열쇠를 입으로 돌리려고 했다. 애석하게도 그에게는 제대로 된 이빨이 없는 듯했으나—무엇으로 열쇠를 잡는단 말인가—그 대신 턱은 단단했다. 턱을 이용하여 그는 실제로 열쇠를 움직이기도 했는데 분명히 어딘가에 상처가 난 것 같았지만 개의치 않았다. 갈색의 액체가 입에서 나와 열쇠 위를 흘러 바닥에 흘러내렸다.

"들어 보세요."

옆방에서 지배인이 말했다.

"그가 열쇠를 돌리고 있어요."

그것이 그레고르에게 용기를 크게 북돋워 주었다. 그러나 아버지와 어머니를 포함하여 모두가 그에게 소리쳐 주었어야 했다. 그들이 "힘내, 그레고르, 좀 더 가까이, 자물통에 바짝 붙어!"라고 외쳤어야 했다. 모두가 긴장 속에서 자신의 노력을 지켜보고 있다는 상상을 하며 그는 있는 힘을 다해 정신없이 열쇠를 물고 늘어졌다. 열쇠가 돌아가는 정도에 따라 그는 자물통 주위를 돌며 춤을 췄다. 그는 이제 입만으로 몸을 지탱했다. 필요에 따라 그는 열쇠에 매달리거나 몸 전체의 하중을 이용하여 그것을 다시 밑으로 눌렀다. 마침내 자물통의 찰칵 하는 경쾌한 울림이 그레고르에게 정신이 바짝 들게 했다. 그는 안도의 한숨을 내쉬며 "그러니까 열쇠 수리공이 필요 없었잖아"라고 혼잣말을 하고서는 손잡이에 머리를 올려놓고 문을 완전히 열려고 했다.

그는 문을 이런 방식으로 열어야 했기 때문에 문이 벌써 많이 열렸어도 자신의 모습은 아직 다른 사람의 눈에 띄지 않았다. 그는 한쪽 문짝에서 천천히 몸을 돌려야 했다. 더욱이 방 안으로 들어가기 전에 볼품없이 바닥에 등을 대고 떨어지지 않으려면 매우 조심스러웠다. 그는 어려운 동작에 몰두한 탓에 아직 다른 것을 돌아볼 시간이 없었다. 이때 지배인이 크게 "오!" 하고 내뱉는 소리가―그것은 마치 바람이 부는 소리처럼 들렸다―들렸다. 이제는 그레고르도 지배인을 보았다. 문에서 가장 가까운 거리에 서 있던 그는 벌린 입에 손을 갖다 대고 마치 눈에 보이지는 않지만 규칙적으로 계속 작용하는 어떤 힘에 떠밀린 듯이 천천히 뒤로 물러섰다. 어머니는―그녀는 옆에 지배인이 있음에도 불구하고 밤에 풀어놓아 헝클어진 머리를 하고 서 있었다―두 손을 깍지 끼고 처음에는 아버지를 바라보더니 그레고르를 향해 두 걸음 나아가다가 둥그렇게 펼쳐진 치마 한가운데로 힘없이 쓰러졌다. 얼굴은 가슴에 묻혀 보이지 않았다. 아버지는 그레고르를 방 안으로 쫓아버리려는 듯이 증오에 찬 표정과 함께 주먹을 불끈 쥐었다. 그 다음에 그는 불안하게 거실을 둘러보더니 양손으로 눈을 가리고서 억센 가슴팍이 들먹일 정도로 울었다.

그레고르는 방 안으로 들어가지 않고 빗장을 지른 문짝 안쪽에 기대고 있는 탓에 몸의 절반과 함께 다른 사람들의 동정을 살피려고 옆으로 수그린 머리가 보였다. 그 사이에 날은 훨씬 밝아졌다. 길 건너 맞은편에는 끝없이 긴 암회색 건물—그것은 병원이었다—의 한 단면이 일정한 간격의 휑한 창문들과 함께 분명하게 보였다. 비는 여전히 내리고 있었다. 눈에 보일 만큼 굵은 빗방울들이 하나씩 땅바닥에 떨어졌다. 아침 식사 때의 그릇들이 식탁 위에 수북이 쌓여 있었다. 왜냐하면 아버지에게 아침 식사는 하루 중 가장 중요한 식사로서 이때 각종 신문을 읽으며 여러 시간을 끌었기 때문이다. 바로 맞은편 벽에는 그레고르의 군대 시절 사진이 걸려 있었다. 사진 속에서 소위 계급의 그는 손을 군도에 갖다 댄 채 천진난만한 미소를 지으며 자신의 자세와 제복을 뽐내고 있었다. 현관방으로 향한 문은 열려 있었다. 현관 문도 열려 있었기 때문에 층계참과 밑으로 내려가는 층계의 시작 부분이 내다보였다.

"이제."

그레고르가 말했다. 그는 자신이 안정을 유지한 유일한 사람이라는 것을 분명히 의식하고 있었다.

"금방 옷을 입고 견본들을 챙겨 떠나야겠지. 당신들은, 당신들은 나를 떠나보낼 작정이겠지요? 자, 지배인님, 보시다시피 나는 고집스럽지도 않고 일도 기꺼이 하고 있어요. 출장 여행이 힘들기는 해요. 그러나 출장 여행을 하지 않고 살아갈 수는 없을 거예요. 대체 어디로 가시렵니까, 지배인님? 회사로요? 예? 모든 것을 사실대로 보고해 주시겠어요? 잠깐이나마 일을 할 수 없을 때가 있어요. 하지만 바로 그때 이전의 업적을 기억하고 장애물이 제거된 뒤에는 더 집중하여 열심히 일할 것이라고 한 번쯤 생각해 봄직도 한데요. 나는 사장님께 그럴 의무가 있어요. 그것은 당신이 더 잘 알잖아요. 다른 한편으로는 부모님과 누이동생이 걱정돼요. 나는 곤란한 지경에 빠져 있지만 다시 빠져나올 거예요. 필요 이상으로 그 일을 힘들게 하지 마세요. 회사에서 내 편을 들어 주세요! 사람들이 외판사원을 좋아하지 않는다는 것은 나도 알아요. 외판사원이 떼돈을 벌어 멋진 삶을 누린다고들 생각하지요. 사람들은 이러한 선입견을 꼼꼼히 점검해 볼 특별한 계기가 없어요. 하지만 지배인님, 당신은 다른 직원들보다 상황을 더 잘 파악하고 있지요. 완전히 믿고 하는 말이지만 심지어는 기업가의 특성상 종업원에게 불리한 섣부른 판단을 하기 쉬운 사장님보다 더 잘 파악하고 있어요. 당신은 거의 일년 내내 회사 바깥에서 일하는 외판사원이 쉽사리 험담이나 우연, 아니면 근거 없는 항의의 희생자가 될 수 있다는 것도 잘 알고 있습니다. 외판사원이 이것들에 맞서 스스로를 방어하는 것은 완전히 불가능해요. 그것들에 대해서는 대부분 아는 바도 없고 출장을 끝내고 지친 몸으로 집에 돌아와서는 그 원인을 더 이상 꿰뚫어 볼 수 없는 나쁜 결과만을 몸소 느끼게 되기 때문이지요. 지배인님, 적어도 조금은 내가 옳다는 것을 인정한다는 말 한마디라도 해 주고 가세요!"

그러나 지배인은 그레고르가 입을 열었을 때 이미 등을 돌렸다. 그는 입술을 삐죽 내밀고 경련을 일으킨 어깨 뒤로 그레고르를 뒤돌아보았을 뿐이었다. 그레고르가 말하는 동안 그는 한순간도 가만히 서 있지 못했다. 그레고르에게서 눈을 떼지 않은 상태에서 마치 방을 떠나지 말라는 은밀한 요구라도 받은 것처럼 머뭇거리며 문 쪽으로 물러났다. 벌써 그는 현관방에 가 있었다. 마지막으로 발을 거실에서 빼낼 때의 갑작스러운 동작은 그의 발바닥에 불이라도 난 듯한 인상을 주었다. 현관방에서 그는 마치 천상의 구원이 기다리고 있기라도 한 듯이 오른손을 층계 쪽으로 쭉 뻗었다.

그레고르는 회사에서 자신의 위치가 위태로워지지 않으려면 이러한 분위기에서는 어떠한 경우라도 지배인을 떠나보내지 말아야 한다고 생각했다. 부모님은 이 모든 것을 제대로 이해하지 못했다. 그들은 수년 동안 그레고르가 이 회사에서 평생 신분을 보장 받고 있다는 확신을 쌓아 왔으며 이 밖에도 눈앞의 근심에 정신을 빼앗겨 앞일을 생각할 겨를이 없었다. 그러나 그레고르는 앞일을 내다보았다. 지배인을 붙잡아 진정시키고 확신을 심어 줌으로써 결국에는 내 편으로 만들어야 했다. 그레고르와 가족의 미래가 여 기에 달려 있었다. 누이동생이라도 곁에 있으면 좋으련만! 그녀는 영리했다. 그레고르가 아직 조용히 누워 있었을 때 그녀는 벌써 울고 있었다. 여자에게 약한 지배인은 분명히 누이동생 때문에 마 음을 돌렸을 것이다. 그녀는 현관 문을 닫고 현관방에서 그의 공 포를 달래 주었을 것이다. 그러나 누이동생은 자리에 없었다. 그 레고르 자신이 행동하는 수밖에 없었다. 몸의 움직임에 대한 자신 의 현재 능력을 아직 전혀 알지 못한다는 것과 자신의 말이 어쩌면 이번에도 알아듣기 힘들지 모른다는 것은 생각지도 않고 그는 문 짝에서 벗어나 입구로 몸을 내밀어 지배인에게로 가려고 했다. 지 배인은 벌써 층계참의 난간을 우스꽝스럽게 두 손으로 꼭 잡고 있 었다. 그 사이에 그레고르는 붙잡을 곳을 찾으려다 짧은 비명을 지르며 넘어지고 말았다. 그러자마자 그레고르는 이날 아침에 처 음으로 육체적인 편안함을 느꼈다. 작은 다리들이 몸을 지탱하고 있었다. 그 다리들은 그가 기쁜 마음으로 알아차렸듯이 자유자재 로 움직일 수 있었으며 그레고르가 원하는 방향으로 나아가려고 했다. 그는 모든 고통이 궁극적으로 호전될 때가 다가왔다고 믿었다. 그러나 그가 멈칫거리는 동작으로 인해 뒤뚱거리며 나아가다가 어머니로부터 멀리 떨어지지 않은 바로 맞은편 바닥에 누워 있게 된 순간 이제까지 깊은 생각에 잠겨 있는 듯이 보였던 어머니가 갑자기 손가락들을 펼친 채 두 팔을 크게 벌리며 펄쩍 뛰어오르더니 "사람 살려, 맙소사, 사람 살려!" 하고 외쳤다. 그녀는 그레고르를 더 잘 보려는 듯이 머리를 숙인 것과는 어울리지 않게 뒤로 달아나려고 했으나 소용이 없었다. 그녀 뒤에 식사 준비가 된 식탁이 놓여 있다는 사실을 잊어버렸던 것이다. 그녀는 식탁 옆에 다다르자 정신이 산만해진 듯이 급히 그 위에 올라앉았다. 그녀는 옆에 넘어진 커다란 주전자에서 나온 커피가 양탄자 위로 마구 쏟아지는 것도 전혀 알아차리지 못하는 것 같았다.

"어머니, 어머니."

그레고르가 나지막하게 말하며 그녀를 올려다보았다. 지배인은 잠시 그의 안중에 없었다. 그는 흘러내리는 커피를 보고서 자기도 모르게 여러 번 턱으로 허공을 휘젓는 동작을 취했다. 이 광경에 어머니는 다시 소리를 지르며 식탁에서 도망치더니 마주 향해 달려온 아버지 품에 쓰러졌다. 그러나 그레고르는 이제 부모님에게 신경 쓸 시간이 없었다. 지배인은 벌써 층계에 가 있었으며 난간 위에 턱을 괴고 마지막으로 뒤돌아보았다. 그레고르는 어떻게 해

서든지 그를 따라잡으려고 속도를 냈다. 지배인은 어떤 낌새를 챘음이 분명했다. 왜냐하면 그는 여러 개의 계단을 한 번에 건너뛰어 사라졌기 때문이다. 그 다음에 그가 "휴" 하고 내지른 소리가 연립 주택 전체에 울려 퍼졌다. 지배인이 도망치고 나자 이제까지 비교적 침착했던 아버지조차 안타깝게도 정신이 혼란스러워진 것 같았다. 몸소 지배인을 뒤쫓아 가거나 적어도 그를 쫓아가려는 그레고르를 막으려 하지 않았기 때문이다. 그 대신에 지배인이 안락의자에 모자와 외투와 함께 남겨 놓은 지팡이를 오른손에 움켜잡고 왼손으로는 식탁에서 커다란 신문을 집어든 다음 발을 구르고 지팡이와 신문을 흔들어 그레고르를 자기 방으로 몰아넣으려고 했다. 그레고르의 그 어떤 간청도 소용이 없었으며 알아듣지도 못했다. 그가 머리를 얌전하게 돌리려고 해도 아버지는 두 발을 더 세게 구를 뿐이었다. 건너편에서는 어머니가 선선한 날씨에도 불구하고 창문을 열어젖히고 몸을 기댄 채 바깥으로 내민 얼굴을 두 손으로 감싸고 있었다. 골목길과 연립 주택 사이에서는 강한 바람이 일어나 창문의 커튼이 휘날리는가 하면 식탁 위의 신문들이 펄럭이다가 몇 장이 바닥에 흩날렸다. 아버지는 가차 없이 몰아대며 마치 원시인처럼 쉿 소리를 내뱉었다. 그러나 그레고르는 아직 뒷걸음질 치는 연습을 하지 못했다. 실제로 몸은 매우 느리게 움직였다. 몸을 돌릴 수만 있었다면 금방 자기 방에 가 있었을 것이다.

그러나 그는 시간을 잡아먹는 회전으로 인해 아버지를 조급하게 만들까 봐 두려웠다. 언제라도 아버지 손에 든 지팡이가 그의 등이나 머리에 치명적인 타격을 가할 수 있었다. 그렇지만 결국 그레고르는 다른 방도가 없었다. 뒷걸음질 치는 동안 방향을 제대로 잡을 수 없음을 알아차리고는 깜짝 놀랐기 때문이다. 그래서 그는 끊임없이 불안스러운 곁눈질로 아버지를 살피면서 가능한 한 빨리, 하지만 실제로는 매우 느리게 몸을 돌리기 시작했다. 어쩌면 아버지도 그의 좋은 의도를 눈치 챘는지도 몰랐다. 그를 방해하지 않고 심지어는 때때로 멀리서 지팡이 끝으로 회전 동작을 지도해 주었기 때문이다. 아버지가 내뱉는 견디기 어려운 쉿 소리만 없었으면 좋으련만! 그 소리 때문에 그레고르는 몹시 당황했다. 이 쉿 소리에 계속 신경 쓰는 바람에 심지어 방향을 잃었다가 다시 약간 몸을 뒤로 돌렸을 때에는 이미 거의 회전한 상태였다. 그러나 마침내 다행히도 머리 부분이 문 입구에 다다랐을 때 그의 몸집이 너무 커서 문을 통과하기 어려운 상황이 벌어졌다. 물론 아버지의 현재 마음 상태에서는 그레고르가 충분히 통과할 수 있도록 다른 문짝을 약간 열어 주어야겠다는 생각이 조금도 떠오르지 않았다. 아버지는 오로지 그레고르가 가능한 한 빨리 자기 방으로 가야 한다는 생각뿐이었다. 그는 그레고르가 몸을 세우는 방식으로 문을 통과하기 위해 필요한 번거로운 준비를 결코 허용하지 않았을 것이다. 오히려 그는 마치 아무런 장애도 없다는 듯이 이제는 더욱 요란한 소리를 내며 그레고르를 앞쪽으로 몰아댔다. 그레고르 뒤에서 나는 그 소리는 더 이상 단 하나밖에 없는 아버지의 목소리처럼 들리지 않았다. 정말 더 이상 장난이 아니었다. 그레고르는— 될 대로 되라지—문 안으로 몸을 들이밀었다. 몸 한쪽이 위로 치켜 올라간 상태에서 몸 전체가 문간에 비스듬히 끼게 되었다. 한쪽 옆구리가 문에 긁혀 상처가 났으며 하얀 문에 보기 흉한 자국들이 남았다. 곧 그는 몸을 끼워 넣으려고 했지만 혼자서는 더 이상 움직일 수 없는 지경이었다. 한쪽 다리들은 파르르 떨며 허공에 매달려 있었고 다른 쪽 다리들은 고통스럽게 바닥에 짓눌려 있었다. 이때 아버지가 뒤에서 그에게 구원에 버금가는 강한 타격을 가했다. 그는 심하게 피를 흘리며 방 안 깊숙이 나가떨어졌다. 지팡이에 의해 문이 닫히자 마침내 조용해졌다.

제2장

저녁 어스름이 깔렸을 때에야 그레고르는 혼수상태에 가까운 잠에서 깨어났다. 그는 방해를 받지 않았더라도 오래 지나지 않아 깨어났을 것이 분명했다. 충분히 쉬고 잠을 푹 잤다는 느낌이 들었기 때문이다. 분주한 발걸음 소리와 현관방으로 향한 문이 조심스럽게 닫히는 소리가 그를 깨운 듯했다. 가로등 불빛이 천장과 가구들의 윗부분 여기저기를 창백하게 비추고 있었다. 그러나 아래쪽의 그레고르 주위는 어두웠다. 그는 지금에서야 가치를 인정하게 된 촉수를 이용하여 아직은 서투르게 더듬으며 문 쪽으로 몸을 밀었다. 그곳에 무슨 일이 일어났는지 알아보기 위해서였다. 그의 왼쪽 옆구리에는 불쾌하게 쑤셔 대는 긴 상처 하나가 나 있는 것처럼 보였다. 그는 그야말로 두 줄의 다리를 질질 끌어야 했다. 게다가 오전에 일어났던 사건들의 와중에 다리 하나가 심하게 다쳐서—다리 하나만 부상당했다는 것은 거의 기적이었다—무감각해진 상태로 질질 끌렸다.

문가에 이르러서야 그는 정작 무엇이 자신을 그곳으로 유혹했는지 알아차렸다. 그것은 음식 냄새였다. 거기에는 달콤해 보이는 우유 속에 작은 흰 빵 조각들이 떠다니는 사발이 놓여 있었다. 그는 기뻐서 거의 웃을 뻔했다. 아침보다 더한 허기를 느꼈기 때문이다. 곧 그는 우유에 머리를 거의 눈 위까지 집어넣었다. 하지만 금세 실망하여 머리를 다시 빼냈다. 뻐근한 왼쪽 옆구리 때문에 먹는 일이 힘들었을 뿐만 아니라—헐떡거리며 몸 전체를 움직여야 겨우 먹을 수 있었다—이 밖에도 평소에 즐기던 음료여서 누이동생이 갖다 놓은 것이 분명한 우유가 전혀 맛이 없었던 것이다. 그는 거의 혐오감과 함께 사발에서 몸을 돌려 방 한가운데로 기어갔다.

그레고르가 문 틈새로 보았듯이 거실에는 가스등이 켜져 있었다. 그러나 평소 이 시간에는 아버지가 어머니나 가끔은 누이동생에게도 석간신문을 큰 소리로 읽어 주곤 했던 반면에 지금은 아무 소리도 들리지 않았다. 누이동생이 그에게 항상 이야기하고 편지에 썼던 이 신문 낭독이 최근에는 어쩌면 아예 중단된 모양이었다. 그러나 집이 비어 있지 않음에도 불구하고 사방이 조용했다.

'가족이 얼마나 조용한 생활을 해 왔던가.'

그레고르는 혼잣말을 하며 어둠을 응시하는 동안 자신이 부모님과 누이동생에게 이처럼 좋은 집에서 그러한 삶을 마련해 주었다는 것에 대해 커다란 자부심을 느꼈다. 그러나 지금 모든 평온함, 안락함, 만족감 등이 두려움과 함께 끝을 맺어야 한다면 어떻게 될까? 그러한 생각에 빠져들지 않기 위해 그레고르는 차라리 움직이기로 하고 방 안을 이리저리 기어 다녔다.

긴 저녁 시간 동안 한쪽 옆문에 뒤이어 다른 쪽 옆문이 한 번씩 작은 틈새가 벌어지도록 열렸다가 다시 급히 닫혔다. 누군가가 들어오려는 마음이 있었으나 주저하는 것 같았다. 그레고르는 망설이는 방문자를 어떻게 해서든지 들어오게 만들거나 적어도 그 사람이 누구인지 알아볼 요량으로 바로 거실 문 옆에 멈춰 섰다. 그러나 이제는 문이 더 이상 열리지 않아서 그레고르는 헛되이 기다린 꼴이 되었다. 문들이 잠겨 있던 새벽에는 모두가 그의 방으로 들어오기를 원했었다. 그가 문 하나를 열어 놓았고 낮 동안 다른 문들이 열려 있기도 했던 때에는 아무도 더 이상 오지 않았고 열쇠들 또한 바깥에 꽂혀 있었다.

밤이 늦어서야 거실의 불이 꺼졌다. 그리고 부모님과 누이동생이 오랫동안 깨어 있었다는 것을 쉽게 확인할 수 있었다. 세 사람 모두 발끝으로 걸으며 멀어져 가는 소리가 똑똑히 들렸던 것이다. 이제 아침이 될 때까지 아무도 더 이상 그레고르 방으로 들어오지 않을 것이 분명했다. 따라서 그는 자신의 삶을 어떻게 새로 정리해야 할지에 대해 방해 받지 않고 곰곰이 생각해 볼 많은 시간을 갖게 되었다. 그러나 바닥에 납작 엎드려 있을 수밖에 없는 상태에서 높고 넓은 방은 괜히 그를 불안하게 했다. 왜냐하면 그것은 5년 전부터 그가 거주하던 방이었기 때문이다. 그는 약간의 부끄러움이 없지는 않았지만 절반은 무의식적으로 몸을 돌려 서둘러 소파 밑으로 들어갔다. 거기에서 그는 등이 조금 눌리고 머리를 더 이상 들어올릴 수 없었음에도 불구하고 곧 매우 편안함을 느끼면서 다만 자신의 몸집이 너무 커서 소파 밑으로 전부 집어넣을 수 없는 점을 아쉬워했다.

거기에서 그는 밤을 지새웠다. 배고픔으로 인해 수시로 벌떡 일어나는 반수면 상태 속에서도 근심과 불명확한 희망이 교차했다.

그 희망이란 당장은 조용히 행동하면서 인내심을 갖고 가족에 대한 최대한의 배려를 통해 현재 상태에서 어쩔 수 없이 자신이 가족에게 안겨 준 곤혹스러움을 견딜 수 있게끔 만들어야 한다는 것이었다.

이른 아침에 벌써—아직은 거의 밤이었다—그레고르는 마음속에 품은 결심의 위력을 시험해 볼 기회를 갖게 되었다. 옷을 거의 제대로 차려입은 누이동생이 곁방 문을 열고 긴장된 몸짓으로 안을 들여다보았기 때문이다. 그녀는 그를 금방 찾아내지 못했다. 하지만 그가 소파 밑에 있다는 것을 알아차린 순간—맙소사, 그는 다른 곳에 있어야 했다. 달아날 길이 없었던 것이다—그녀는 너무 놀란 나머지 문을 밖에서 닫아 버렸다. 그러나 자신의 태도를 후회라도 하듯이 그녀는 즉시 문을 다시 열고 마치 중환자나 낯선 사람을 대하는 것처럼 살금살금 들어왔다. 그레고르는 머리를 소파 언저리에 바짝 갖다 대고 그녀를 관찰했다. 그녀는 그가 배고프지 않았던 건 아닌데도 우유를 내버려둔 것을 알아차리고 그의 입맛에 맞는 다른 음식을 가져다줄까? 그녀가 설령 그렇게 하지 않더라도 그는 이에 대해 주의를 환기시키느니 차라리 굶어 죽고 싶었다. 물론 원래는 소파 아래에서 튀어나와 누이동생 발끝에 몸을 던지고 먹을 만한 것을 간청하고 싶은 생각이 굴뚝같았다. 그러나 누이동생은 언저리에 약간 흘린 채 우유가 가득 담겨 있는 사발을 보고는 놀란 표정을 지었다. 그녀는 곧 맨손이 아니라 헝겊으로 그것을 들어올리더니 밖으로 내갔다. 그레고르는 그녀가 대신 무엇을 가져올지 무척 궁금했다. 그는 이에 관해 이런 저런 생각을 해 보았다. 그러나 누이동생이 호의에서 실제로 무슨 일을 할지는 결코 알아맞힐 수 없었을 것이다. 그녀는 그의 취향을 시험해 보기 위해 여러 가지 중에서 선택하도록 헌 신문지 위에 펼쳐 놓았다. 거기에는 반쯤 썩은 오래된 야채, 저녁 식사 때 남겨진 굳은 하얀 소스가 묻은 뼈다귀, 몇 개의 건포도와 땅콩, 그레고르가 이틀 전에 상했다고 말했던 치즈, 말라비틀어진 빵, 버터 바른 빵, 소금 뿌린 빵 등이 놓여 있었다. 이 밖에도 그녀는 그레고르 전용으로 정해진 듯한 사발에 물을 갖다 놓았다. 그레고르가 자기 앞에서는 먹지 않으리라는 것을 알고 있는 그녀는 배려 차원에서 서둘러 자리를 떴다. 심지어는 그레고르가 자신이 원하는 대로 편하게 행동해도 좋다는 것을 알아차릴 수 있게 하려고 열쇠를 돌려 문을 잠갔다. 음식을 먹으러 가기 위해 움직이자 그레고르의 다리들이 윙윙거리는 소리를 냈다. 그 외에도 그의 상처들은 벌써 완전히 아문 것이 분명했다. 그는 더 이상 아무런 장애도 느끼지 못하고 이에 대해 놀라는 한편으로 칼에 손가락을 약간 베인 지 한 달도 더 넘었는데도 그저께까지 그 상처 부위가 아팠던 것이 생각났다.

'이제 나는 덜 민감해진 걸까?'

그는 이렇게 생각하고 다른 음식들에 앞서 특별히 구미가 당기는 치즈를 게걸스럽게 빨아먹었다. 만족감에 눈물까지 흘리며 그는 치즈, 야채, 소스를 차례로 허겁지겁 먹어 치웠다. 이와 반대로 신선한 음식들은 맛이 없었다. 그 냄새조차 참을 수 없어서 심지어는 자신이 먹고 싶은 것들을 조금 떨어진 곳에 끌어다 놓기까지 했다. 그가 이미 모든 일을 끝내고 그 자리에 나른하게 누워 있을 때 누이동생이 뒤로 물러나라는 신호처럼 열쇠를 천천히 돌렸다. 그 소리가 그를 깜짝 놀라게 만들었다. 벌써 거의 졸고 있었음에도 불구하고 그는 다시 서둘러 소파 밑으로 들어갔다. 그러나 누이동생이 방에 머물렀던 짧은 시간이나마 소파 밑에 있는 것은 대단한 자기 극복이라는 대가를 치러야 했다. 왜냐하면 배불리 먹은 바람에 그의 몸이 약간 뚱뚱해져서 비좁은 그곳에서는 거의 숨을 쉴 수조차 없었기 때문이다. 질식할 것 같은 가벼운 발작들이 일어나는 가운데 앞으로 약간 튀어나온 눈으로 그는 아무것도 모르는 누이동생이 빗자루로 찌꺼기뿐만 아니라 자신이 전혀 손대지 않은 음식까지도 더 이상 필요 없다는 듯이 쓸어 모아 급히 쓰레기통에 쏟아 붓고 나무뚜껑을 덮은 다음 모든 것을 들고 나가는 것을 지켜보았다. 그녀가 돌아서자마자 그레고르는 소파 밑에서 빠져나와 몸을 쭉 펴고 진저리를 쳤다.

이러한 방식으로 그레고르는 매일 음식을 받아먹었다. 한 번은 아침에 부모님과 하녀가 아직 잠들어 있을 때였으며, 두 번째는 모두가 점심을 먹은 후였다. 점심 식사 후 부모님이 잠깐 낮잠을 자는 동안 누이동생은 하녀를 심부름을 보냈다. 분명히 그들도 그레고르가 굶어 죽는 것을 원치 않았지만 그의 식사에 대해서는 전해 듣는 것 이상으로 알기를 꺼려 하는지도 몰랐다. 아마도 누이동생은 조금이나마 그들의 슬픔을 덜어 주려 하는 것 같았다. 실제로 그들은 고통을 당할 만큼 당하고 있었기 때문이다.

그 첫날 오전에 어떤 핑계를 대어 의사와 열쇠 수리공을 다시 집 밖으로 내보냈는지 그레고르는 전혀 알 수가 없었다. 남들이 그의 말을 알아들을 수 없었기 때문에 여동생을 포함하여 그 누구도 그가 다른 사람들의 말을 알아들을 수 있으리라고는 생각하지 못했던 것이다. 그래서 그는 누이동생이 방에 들어와 있을 때 때때로 한숨 소리와 성자들을 찾는 소리를 듣는 것으로 만족해야 했다. 나중에 그녀가 모든 것에 약간 익숙하게 되었을 때—물론 완전히 익숙해진다는 것은 있을 수 없는 일이었다—비로소 그레고르는 가끔 호의적인 의미이거나 그렇게 해석될 수 있는 말을 들을 수 있게 되었다. 그녀는 그레고르가 왕성한 식욕으로 음식을 다 먹어 치웠을 때에는 "오늘은 맛이 좋았나 봐"라고 말했다. 차츰 빈도가 높아진 반대의 경우에는 슬픈 어조로 "또 다 남겼네"라고 말하곤 했다.

그러나 그레고르는 직접적으로는 새로운 소식을 듣지 못했던 반면에 옆방으로부터 무엇인가를 엿들었다. 목소리가 들리면 그는 그쪽 문으로 달려가 온몸을 거기에 밀착시켰다. 특히 초기에는 은밀한 대화라고 하더라도 그와 연관되지 않은 것이 없었다. 처음 이틀 동안에는 식사 때마다 이제 어떻게 하면 좋을지 의논하는 것을 들을 수 있었다. 그러나 그 중간에도 식구들은 똑같은 주제에 관해 이야기했다. 아무도 집에 혼자 있으려고 하지 않았고 어떤 경우에도 모두가 집을 비우려고 하지도 않았기 때문에 언제나 최소한 두 명의 식구는 집 안에 남아 있었기에 가능한 일이었다. 하녀 또한 바로 첫날에—그녀가 돌발적인 사태에 대해 무엇을 얼마나 알고 있었는지는 분명치 않다—즉시 일을 그만두게 해 달라고 어머니에게 애원했다. 15분 뒤에 작별 인사를 하면서 그녀는 해고가 마치 자신에게 베푼 최고의 호의라도 되는 것처럼 눈물을 흘리며 고마워했다. 그리고 요구하지도 않았는데 그 누구에게도 한마디도 발설하지 않겠노라고 엄숙히 맹세했다.

이제 누이동생이 어머니와 함께 요리를 해야만 했다. 물론 이것이 힘든 일은 아니었다. 식구들이 거의 먹지를 않았기 때문이다. 그레고르는 식구들이 자주 서로에게 헛되이 식사를 권하거나 "고맙지만 괜찮아" 혹은 이와 비슷한 대답만 하는 것을 들었다. 아마 무엇인가를 마시지도 않는 것 같았다. 누이동생은 아버지에게 맥

주를 마시겠느냐고 여러 번 묻고는 직접 사 오겠다고 나섰다. 아버지가 아무 말이 없자 그녀는 아버지의 부담감을 덜어 주기 위해 집 관리인의 부인을 보낼 수도 있다고 말했다. 그러나 결국 아버지가 큰 소리로 "싫다"고 말한 다음에야 더 이상 이에 관한 이야기가 나오지 않았다.

처음 며칠 동안 아버지는 어머니와 누이동생에게 전체적인 재산 상태와 전망에 대해 설명해 주었다. 때때로 그는 식탁에서 일어나 5년 전 사업이 파산으로 끝났을 때 용케 건졌던 작은 금고에서 이런 저런 증서와 장부를 꺼내 왔다. 그가 복잡한 자물통을 열고 찾던 물건을 꺼낸 후 다시 잠그는 소리가 들렸다. 아버지가 설명한 내용은 부분적으로 그레고르가 감금 상태에 놓인 이래로 듣게 된 최초의 기쁜 소식이었다. 그는 아버지에게 사업에서 남은 것이 조금도 없다고 생각해 왔었다. 적어도 아버지는 그에게 이와 반대의 이야기를 한 적이 없었다. 물론 그레고르도 아버지에게 이에 관해 묻지 않았었다. 당시에 그레고르는 모두를 지독한 절망으로 이끈 사업상의 불행을 식구들이 가능한 한 빨리 잊게 하려고 노심초사했었다. 그때 그는 특별한 정열을 가지고 일을 시작했으며 하룻밤 사이에 말단 점원에서 외판사원이 되었다. 외판사원은 물론 돈을 벌 수 있는 남다른 기회를 가질 수 있어서 성공적인 업무 수행이 즉시 중개료 형태로 현금화되었다. 이 돈을 식탁 위에 놓으면 가족들은 놀라면서도 행복해 했다. 그때가 멋진 시절이었다. 나중에 그레고르는 가족 모두의 생활비를 감당할 수 있었을 뿐만 아니라 실제로 감당할 만큼 많은 돈을 벌었음에도 불구하고 그때만큼 화려한 시절은 다시 찾아오지 않았다. 가족도 그레고르도 그것에 익숙해져 갔다. 식구들은 고마운 마음으로 돈을 받고 그도 기꺼이 돈을 내놓았지만 특별한 온정은 더 이상 생겨나지 않았다. 누이동생만이 아직은 그레고르와 가까운 사이였다. 그는 자신과는 달리 음악을 매우 좋아하고 바이올린을 감동적으로 연주할 줄 아는 누이동생을 내년에는 많은 비용을 무릅쓰고라도 음악 학교에 보내려는 계획을 남몰래 세워 놓고 있었다. 그 비용은 별도의 방법으로 마련할 작정이었다. 그레고르가 잠시 시내에 머무르는 동안 누이동생과의 대화에서 음악 학교가 자주 언급되었다. 하지만 아직 그 실현은 생각할 수 없는 아름다운 꿈에 불과했다. 부모님은 이처럼 순진한 이야기를 듣는 것을 달가워하지 않았다. 그러나 그레고르는 이에 대해 확정적으로 생각했으며 크리스마스 저녁에 엄숙하게 설명할 참이었다.

그가 문에 착 달라붙어 귀를 기울이고 있는 동안 현재의 상황에서는 아무 소용도 없는 그러한 생각들이 머리에 떠올랐다. 가끔 그는 전반적인 피곤함으로 인해 더 이상 엿듣지 못하고 자신도 모르게 머리를 문에 부딪혔지만 금방 다시 곧추세웠다. 왜냐하면 그가 원인이 된 작은 소음마저도 옆방까지 들려서 모두가 입을 다물게 만들었기 때문이다.

"얘가 또 무슨 일을 벌이는 모양이지?"

틀림없이 몸을 문 쪽으로 향한 아버지가 잠시 후에 말했다. 그리고 나서야 중단된 대화가 점차 다시 이어졌다.

그레고르는—아버지는 자신의 설명을 반복하는 경우가 많았는데 이러한 일을 오랫동안 다루지 않은 탓이기도 했고 어머니가 모든 것을 단번에 이해하지 못한 탓이기도 했다—온갖 불행에도 불구하고 과거의 얼마 안 되는 재산이나마 아직 남아 있고 손대지 않은 이자가 그동안 약간 불어났다는 것을 알고 기분이 좋았다. 이 밖에도 그레고르가 매달 집에 갖다준 돈도—그는 자신을 위해서는 몇 굴덴밖에 갖지 않았다—다 써 버린 것이 아니라 소자본이 될 만큼 모여 있었다. 그레고르는 문 뒤에서 열심히 고개를 끄덕이며 기대하지 않았던 조심성과 절약 정신에 대해 기뻐했다. 원래는 이 여분의 돈으로 아버지가 사장에게 진 빚을 갚아 버릴 수도 있었을 것이다. 그러면 이러한 처지에서 벗어날 날도 훨씬 더 가까워졌을지도 모른다. 그러나 아버지가 준비해 놓은 대로 지금의 상황이 더 낫다는 것은 의심의 여지가 없었다.

하지만 가족이 가령 이자로 먹고살 만큼 돈이 충분한 것은 아니었다. 가족이 1년, 기껏해야 2년쯤 살아가기엔 충분하겠지만 그 이상은 아니었다. 그것은 원래 손대지 않고 급박한 경우를 위해 남겨 두어야 할 액수였다. 먹고살 돈은 따로 벌어야 했다. 그러나 아버지는 건강하기는 했지만 나이가 들어 지난 5년 동안 아무런 일도 하지 않고 있었다. 어쨌든 자신의 능력을 지나치게 믿어서는 안 되었다. 성공과는 거리가 멀었던 힘겨운 인생에서 처음으로 휴식을 얻은 지난 5년 동안 아버지는 살이 많이 쪄서 움직이기가 힘들 정도였다. 그렇다고 천식 탓에 집 안을 조금만 돌아다녀도 힘겨워하고 이틀에 한 번은 호흡 곤란을 일으켜 창문을 열어 놓은 채 소파에서 지내야 하는 나이 든 어머니가 돈을 벌어야 할까? 아니면 아직 열일곱 살의 아이에 불과한 누이동생이 돈을 벌어야 할까? 지금까지 누이동생의 생활 방식은 옷을 예쁘게 차려입거나 늦잠을 자지 않으면 집안일이나 도와주고 몇 가지 소박한 오락에 참여하는가 하면 무엇보다도 바이올린을 연주하는 것이 고작이었다. 돈벌이의 필요성이 화제에 오르면 항상 그레고르는 먼저 문에서 벗어나 문가에 놓인 서늘한 가죽 소파에 몸을 던졌다. 부끄러움과 슬픔으로 인해 몸이 뜨거워졌기 때문이다.

자주 그는 밤새도록 그곳에 누워 한숨도 자지 못한 채 몇 시간 동안이나 가죽을 긁었다. 아니면 있는 힘을 다해 안락의자를 창가로 밀고 가서 창틀로 기어 올라갔다. 안락의자가 몸을 떠받친 상태에서 창가에 기대어 그는 예전에 창문 밖을 내다볼 때의 해방감에 대한 어떤 기억을 떠올렸다. 실제로 날이 갈수록 조금밖에 떨어져 있지 않은 사물들도 점점 불명확하게 보였기 때문이다. 예전에 그리도 자주 보아 온 탓에 저주해 마지않던 맞은편 병원 건물도 더 이상 시야에 들어오지 않았다. 그는 자신이 조용하지만 완전히 도시 분위기를 풍기는 샤를로텐 거리에 살고 있다는 사실을 정확히 알지 못했다면 창문에서 잿빛 하늘과 땅이 맞닿아 있는 황야를 바라보고 있다고 믿었을지도 몰랐다. 세심한 누이동생은 안락의자가 창가에 놓여 있는 것을 딱 두 번 보았을 뿐인데 그 다음부터 매번 방을 청소한 후에는 그것을 다시 창가로 밀어다 놓았다. 심지어는 창문 안쪽의 덧문을 열어 놓기도 했다.

그레고르는 누이동생과 이야기를 나누고 그녀가 그에게 해 주어야 하는 모든 것에 고마움을 표시할 수만 있었다면 그녀의 봉사를 더 쉽게 받아들였을 것이다. 이로 인해 그는 괴로웠다. 누이동생은 물론 모든 일에서 오는 불쾌감을 지워 버리려고 했다. 시간이 지날수록 그녀는 당연히 더 잘해 나갔다. 그러나 그레고르도 시간이 지남에 따라 모든 것을 훨씬 더 정확하게 꿰뚫어 보게 되었다. 그녀가 방 안에 들어서는 것 자체가 그에게는 끔찍한 일이었다. 전에는 그 누구에게도 그레고르의 방을 보이지 않으려고 조심했던 그녀가 이제는 방 안으로 들어서기가 무섭게 문을 닫을 새도 없이 곧장 창가로 달려가 마치 질식할 것 같다는 듯이 황급히 창문을 열어젖히고는 추운 날씨라 할지라도 잠시 그곳에 서서 심호흡을 했다. 누이동생은 이와 같은 분주함과 소음으로 그레고르를 매일 두 번씩 경악시켰다. 그 시간 내내 그는 소파 밑에서 몸을 떨었으며 자신의 방에 누이동생이 창문을 닫은 상태에서 머무는 것이 가능했더라면 그런 소란을 피우지 않으리라는 것을 잘 알고 있었다.

그레고르가 변신한 지 한 달이 지나자 누이동생은 그의 모습을 보더라도 놀랄 만한 특별한 이유가 없게 되었다. 그 무렵 한번은 누이동생이 평소보다 약간 일찍 오는 바람에 그레고르와 마주치게 되었다. 그는 꼼짝도 하지 않고 마치 위협하려는 자세를 취한 채 창문 밖을 내다보고 있었다. 그의 위치가 창문을 즉시 여는 것을 방해했기 때문에 그녀가 방 안으로 들어오지 않으면 그만이었다. 그러나 그녀는 방 안으로 들어오지 않는 정도가 아니라 뒤로 물러나더니 문을 닫아 버렸다. 사정을 모르는 사람이라면 그레고르가 누이동생을 노리고 있다가 물어뜯으려 했다고 생각할 수도 있었으리라. 그레고르는 물론 재빨리 소파 밑으로 몸을 숨겼다. 하지만 점심때까지 기다린 후에야 누이동생이 다시 왔다. 그녀는 평소보다 훨씬 불안해 보였다. 그는 자신의 모습이 누이동생에게 아직 견디기 힘들며 앞으로도 그럴 수밖에 없으리라는 것과 누이동생이 소파 밑으로 튀어나온 자신의 몸 일부만을 보고서도 도망가지 않으려면 스스로를 극복해야 한다는 것을 깨달았다. 누이동생에게

이러한 모습을 보여 주지 않기 위해 그는 어느 날 소파 위의 시트를 자신의 등에 걸치는—이 일에 4시간이 걸렸다—방식으로 자신의 몸을 완전히 숨겨서 누이동생이 몸을 숙이더라도 자신을 볼 수 없도록 했다. 만약 누이동생이 생각하기에 이 시트가 필요 없다면 치워 버릴 수도 있었다. 그레고르에게 스스로를 가두는 일이 기분 좋은 건 아니라는 점은 분명했기 때문이다. 그러나 누이동생은 시트를 그대로 두었다. 그레고르는 언젠가 시트를 머리로 조심스럽게 조금 들어올리고 누이동생이 이 새로운 조치를 어떻게 받아들이는지 살펴보았을 때 심지어 그녀가 고마움이 담긴 시선을 보냈다고 믿었다.

처음 2주일 동안 부모님은 그가 있는 곳으로 들어올 엄두를 내지 못했다. 그는 누이동생이 현재 하고 있는 일을 완전히 인정한다는 부모님의 말을 자주 들었다. 과거에 부모님은 누이동생이 쓸모없는 계집애라는 이유로 걸핏하면 화를 냈었다. 그러나 지금은 두 사람, 즉 아버지와 어머니는 누이동생이 그레고르의 방을 치우는 동안 그 앞에서 기다렸다. 누이동생은 밖으로 나오기가 무섭게 방이 어땠는지, 그레고르가 무엇을 먹고 어떤 행동을 했는지, 조금이라도 더 좋아지는 것이 보이는지 등에 대해 말해야만 했다. 어머니는 이 밖에도 사정이 되면 곧 그레고르를 찾아가고 싶어 했다. 그러나 아버지와 누이동생은 이성적인 이유들을 들어 어머니를 말렸다. 그레고르는 이 이유들을 귀담아듣고는 완전히 동의했다. 그러나 나중에는 어머니를 억지로 말려야 했다. 어머니가 "그레고르에게 가게 해 줘. 그 아이는 불쌍한 내 아들이야. 내가 그 애한테 가야 한다는 것을 모르겠니?"라고 소리쳤을 때 그레고르는 물론 매일은 아니더라도 일주일에 한 번은 어머니가 들어오는 것도 괜찮지 않을까 생각했다. 어머니는 누이동생보다 모든 것을 훨씬 더 잘 이해했다. 누이동생은 용기에도 불구하고 아직 아이였으며 결국 어린애다운 가벼움 속에서 어려운 일을 맡아 온 셈이었다.

어머니를 만나려는 그레고르의 소망은 곧 이루어졌다. 그레고르는 부모님을 배려하는 마음에서 낮 동안에는 창가에 모습을 나타내고 싶지는 않았지만 2, 3제곱미터의 바닥에서 많이 기어 다닐 수도 없었다. 밤에 조용히 누워 지내는 것이 힘겨웠으며 먹는 일도 더 이상 전혀 즐겁지 않았다. 그래서 그는 심심풀이로 벽과 천장을 이리저리 기어 다니는 습관을 갖게 되었다. 특히 천장에 매달려 있기를 좋아했다. 그것은 방바닥에 누워 있는 것과 전혀 달랐다. 호흡이 더 자유로웠고 몸이 약간 흔들거렸다. 그레고르는 그 위에서 행복에 겨워 방심하다가 자신도 모르게 몸을 날려 바닥에 떨어지면서 찰싹하는 소리를 냈다. 물론 그는 이전과는 완전히 다르게 몸을 놀릴 수 있게 된 덕분에 떨어져도 심하게 다치지 않았다. 누이동생은 그레고르가 발견한 이 새로운 놀이를―그는 기어 다니면서 곳곳에 끈끈한 점액 자국을 남겨 놓았다─금방 알아차리고는 그레고르가 최대한의 범위에서 기어 다닐 수 있게 방해가 되는 가구들, 무엇보다도 장롱과 책상을 치우려고 했다. 그러나 누이동생은 이 일을 혼자 처리할 능력은 없었으며 아버지에게 도움을 청할 엄두도 내지 못했다. 하녀도 도움이 되지 못할 것이 뻔했다. 열여섯 살 정도의 이 처녀는 먼젓번 하녀를 내보낸 이래로 꿋꿋하게 버티기는 했지만 부엌 문을 계속 닫아 놓고 있다가 특별히 부를 때에만 열게 해 달라고 부탁했기 때문이다. 그래서 누이동생으로서는 아버지가 없는 사이에 어머니를 불러오는 수밖에 없었다. 어머니는 환호성을 지르며 그레고르의 방에 다가섰지만 막상 방문 앞에서는 침묵했다. 물론 먼저 누이동생이 방 안의 모든 것이 제대로 되어 있는지 살펴본 다음 어머니를 들어오게 했다. 그레고르는 황급히 시트를 심하게 잡아당겨 구김이 갈 정도였다. 전체적으로는 시트를 소파 위에 아무렇게나 던져 놓은 것처럼 보였다. 그레고르는 이번만큼은 시트 밑에서 밖을 엿보는 일을 그만두었다. 그는 어머니를 바라보는 것을 포기했지만 어머니가 방에 들어온 사실에는 기뻐했다.

"이리 오세요. 오빠는 안 보여요."

누이동생이 말했다. 그녀가 어머니의 손을 잡고 인도하는 것이 분명했다. 그레고르는 힘이 약한 두 여자가 무거운 낡은 장롱을 원래의 자리에서 옮기는 소리를 들었다. 무리를 할까 봐 걱정하는 어머니의 충고는 듣지도 않은 채 누이동생은 작업의 대부분을 떠맡겠다고 고집했다. 그 일은 매우 오래 걸렸다. 족히 15분이 지난 다음에야 어머니는 차라리 장롱을 그 자리에 두자고 말했다. 첫 번째 이유로는 너무 무거워 아버지가 도착하기 전에 일을 끝낼 수 없을 뿐더러 장롱을 방 한가운데에 두면 그레고르가 돌아다니는 길을 전부 막아 버리게 된다는 것이었다. 두 번째 이유로는 장롱을 치우는 것이 그레고르의 마음에 들지 확실치 않다는 것이었다. 어머니는 정반대의 경우가 옳다고 여겼다. 어머니는 텅 빈 벽을 바라보는 자신의 마음도 언짢은데 그레고르가 이러한 느낌을 갖지 않겠느냐고 말했다. 그레고르가 방 안의 가구들에 정이 들었을 텐데 방이 텅 비게 되면 자신이 버림받았다고 느끼게 되리라는 것이었다.

"그렇지 않겠니?"

어머니는 그레고르의 정확한 위치를 모르면서도 목소리의 울림이라도 들릴까 해서—어머니는 그가 말을 알아듣지 못한다고 확신했기 때문이다—거의 속삭이듯 나지막한 음성으로 결론을 내렸다.

"가구를 치워 버리면 회복에 대한 모든 희망을 포기하고 그 애를 내팽개치는 것처럼 보이지 않겠니? 방 안을 이전과 똑같은 상태로 놔두는 것이 제일 좋겠구나. 그레고르가 다시 우리 곁으로 돌아오면 모든 것이 그대로라는 것을 보고 그 사이의 일들을 더 쉽게 잊을 수 있도록 말이다."

어머니의 말을 들으면서 그레고르는 집 안에서 단조로운 생활을 하며 식구들과의 직접적인 대화가 부족했던 탓에 지난 2개월 동안 판단이 흐려졌다는 것을 깨달았다. 그 자신이 방을 비워 달라고 진지하게 요구할 수도 있었다는 사실을 달리 설명할 길이 없었기 때문이다. 실제로 그는 상속 받은 가구들로 안락하게 꾸며져 살기 좋은 방을 동굴로 바꿔 놓고 인간으로서의 자신의 과거를 순식간에 전부 잊어버린 채 아무런 방해도 받지 않고 사방으로 자유롭게 돌아다니고 싶었을까? 그는 벌써 자신의 과거를 거의 잊어버릴 단계에 와 있지 않았던가? 다만 오랫동안 듣지 못했던 어머니의 목소리가 그에게 주의를 환기시켰다. 그 어떤 것도 치워서는 안 된다. 모든 것이 그 자리에 있어야 한다. 그는 자신의 심리 상태에 대한 가구들의 좋은 영향을 마다할 수 없었다. 가구들로 인해 하릴없이 기어 다니는 일이 방해를 받았다면 그것은 피해가 아니라 커다란 장점이었다.

그러나 유감스럽게도 누이동생의 생각은 달랐다. 누이동생은 물론 완전히 틀린 말은 아니지만 그레고르 문제와 관련하여 부모님과 의논할 때 특별한 전문가 행세를 하는 데 익숙해져 있었다. 그래서 어머니의 조언도 누이동생에게는 처음에 자신이 생각한 것

처럼 장롱과 책상을 치우는 것에 그치지 않고 꼭 필요한 소파를 제외한 가구 전부를 치우자고 주장하게 만드는 근거가 되었다. 그것은 물론 어린애다운 고집이나 최근에 예기치 않게 어렵사리 생겨나 이러한 요구를 하게 만든 자신감 때문만은 아니었다. 누이동생은 실제로도 그레고르가 기어 다니기 위해서는 많은 공간이 필요한 반면에 어쨌든 겉보기에는 가구들은 전혀 쓸모가 없다는 것을 지켜봐 왔다. 그러나 여기에는 그 나이 또래의 계집애들이 갖기 쉬운 도취적인 성격이 작용했는지도 몰랐다. 기회가 될 때마다 만족을 구하는 이러한 도취적인 성격으로 인해 그레테는 그레고르의 상황을 더욱 끔찍하게 만들어 지금까지보다 더 많은 것을 해 주고 싶은 유혹을 받았던 것이다. 그레고르 혼자 텅 빈 벽들을 지배하게 될 공간에는 그레테 이외의 그 누구도 발을 들여놓을 엄두를 내지 않을 것이기 때문이다.

그래서 누이동생은 어머니로 인해 자신의 결심을 굽히려 들지 않았다. 어머니는 이 방에서 당혹스러움에 불안해 보였으며 곧 입을 다물고는 장롱을 끌어내는 일에 누이동생을 힘껏 도왔다. 그레고르는 어쩔 수 없다면 장롱 없이도 살 수 있었다. 그러나 책상만큼은 남아 있어야 했다. 여자들이 낑낑대며 장롱과 함께 방을 나가자마자 그레고르는 소파 아래에서 머리를 내밀고 어떻게 해야 조심스럽고도 가능한 한 분별력 있게 개입할 수 있을지 살펴보았다. 그러나 불행히도 먼저 돌아온 사람은 어머니였다. 그 사이에 그레테는 옆방에서 장롱을 끌어안고 이리저리 흔들어 보았지만 물론 제자리걸음이었다. 어머니에게 그레고르의 모습은 익숙하지 않았다. 그가 어머니에게 상처를 줄지도 모르는 일이었다. 그래서 그레고르는 깜짝 놀라 뒷걸음질 쳐서 소파의 다른 쪽 끝으로 서둘러 갔지만 시트가 앞으로 약간 움직이는 것을 막지 못했다. 이것만으로도 어머니의 주의를 끌기에 충분했다. 어머니는 멈칫하더니 한동안 조용히 서 있다가 그레테에게로 돌아갔다.

그레고르는 별일이 아니라 가구 몇 개가 옮겨지는 것뿐이라고 수시로 혼잣말을 했다. 하지만 여자들이 분주히 오가며 서로 조용히 부르는 소리와 가구들이 바닥을 긁는 소리가 마치 사방에서 터져 나오는 웅성거림처럼 크게 들렸다. 그는 머리와 다리들을 오그리고 몸은 바닥에 밀착시킨 채 이 모든 것을 오래는 견디지 못하리라고 실토하지 않을 수 없었다. 그들은 그의 방을 청소하면서 그가 좋아하는 모든 것을 가져갔다. 실톱과 다른 공구들이 들어 있는 장롱은 그들이 벌써 내가고 없었다. 지금은 바닥에 다리를 박아 넣어 고정시킨 책상을 흔들어 대고 있었다. 그 책상에서 그는 상과 대학생, 고등학생, 심지어 초등학생 때까지도 숙제를 했었다. 그때 그는 정말로 그 존재를 거의 잊어버린 두 여자가 가진 좋은 의도를 살펴볼 시간이 없었다. 그들은 벌써 지쳐서 묵묵히 일만

하고 있었기 때문이다. 그 다음에 그들의 무거운 발자국 소리만이 들렸을 뿐이다.

그래서 그는 앞으로 빠져나와―여자들은 옆방에서 책상에 몸을 기대고 잠시 숨을 돌리고 있었다―달리는 방향을 네 번이나 바꿨다. 먼저 무엇을 구해 내야 할지 도무지 알 수 없었다. 그때 이미 텅 비워진 벽에 걸려 있는, 모피로 온몸을 감싼 여인의 사진이 그의 눈에 띄었다. 그는 서둘러 그 위로 올라가 몸을 유리에 밀착시켰다. 유리는 그의 몸에 달라붙어 뜨거운 배를 시원하게 해 주었다. 그레고르가 지금 몸으로 가리고 있는 이 사진만큼은 아무도 가져가지 못할 것이다. 그는 여자들이 돌아오는지 살피기 위해 머리를 거실 문 쪽으로 돌렸다.

그들은 휴식을 오래 취하지 않고 금세 다시 돌아왔다. 그레테는 한쪽 팔로 어머니를 껴안고 거의 부축하다시피 했다.

"이제 뭘 가져갈까요?"

그레테가 말하고 주위를 둘러보았다. 그때 그녀의 시선이 벽에 있는 그레고르의 시선과 교차했다. 그녀는 단지 어머니가 곁에 있기 때문에 정신을 잃지 않고 얼굴을 어머니 쪽으로 숙이고 시야를 가렸다. 그 다음에 물론 몸을 떨며 두서없이 말했다.

"자, 차라리 잠시라도 거실로 돌아가지 않을래요?"

그레고르가 보기에 그레테의 의도는 분명했다. 그녀는 어머니를 안전한 곳에 데려다 놓은 다음 그를 벽에서 쫓아낼 작정이었다. 어쨌든 그녀는 시도는 할 수 있었다. 그는 사진 위에 앉아 그것을 내놓지 않았다. 그가 그레테의 얼굴 위로 뛰어내리는 것이 더 나을지도 몰랐다.

그러나 그레테의 말이 어머니를 매우 불안하게 만들었다. 어머니는 옆으로 비켜나 꽃무늬 벽지 위의 커다란 갈색 부분을 쳐다보고는 자신이 본 것이 그레고르라는 사실을 의식하기도 전에 거칠게 울부짖는 목소리로 외쳤다.

"맙소사, 맙소사!"

어머니는 모든 것을 포기라도 하듯이 두 팔을 벌리고 소파 위에 쓰러지더니 움직이지 않았다.

"정말, 그레고르!"

누이동생이 주먹을 들어올리고 노려보며 소리쳤다. 이것은 변신 후 누이동생이 그에게 직접 건넨 최초의 말이었다. 누이동생은 어머니의 의식을 회복시켜 줄 약물을 가져오기 위해 옆방으로 달려갔다. 그레고르도 돕고 싶었다. 사진을 구할 시간은 아직 있었다. 그러나 그는 유리에 꽉 달라붙어 있었기 때문에 억지로 몸을 떼어 내야 했다. 그 다음에 예전처럼 누이동생에게 조언을 해 줄 마음으로 옆방으로 달려갔다. 하지만 그는 누이동생이 여러 가지 약병들을 뒤적거리는 동안 하릴없이 뒤에 서 있어야만 했다. 게다가 누이동생이 몸을 돌리면서 소스라치게 놀랐다. 병 하나가 바닥에 떨어져 깨어졌다. 유리 조각이 그레고르의 얼굴에 상처를 입혔으며 부식제 비슷한 약물이 그의 몸에 흘러내렸다. 그레테는 더이상 지체하지 않고 약병들을 있는 대로 챙겨 어머니에게로 달려갔다. 문은 발로 닫았다. 그레고르는 이제 자신의 잘못으로 인해 아마도 사경을 헤매고 있을 어머니와 차단되었다. 어머니 곁에 있어야 할 누이동생을 쫓아내고 싶지 않다면 문을 열어서는 안 되었다. 그는 기다리는 도리밖에 없었다. 자책감과 걱정에 휩싸인 채 그는 기어 다니기 시작했다. 그는 벽, 가구, 천장을 비롯한 모든 것 위를 기어 다닌 끝에 방 전체가 자기 주위를 빙빙 돌기 시작했을 때 커다란 책상 한가운데로 떨어져 절망했다.

시간이 조금 흘렀다. 그레고르는 힘없이 거기에 누워 있었다. 주위는 조용했다. 그것은 아마도 좋은 징조였다. 그때 초인종 소리가 들렸다. 하녀는 물론 부엌 안에 틀어박혀 있어서 그레테가 문을 열어 주러 가야 했다. 아버지가 돌아온 것이다.

"무슨 일이냐?"

그의 첫 번째 말이었다. 그레테의 안색이 모든 것을 드러내고 있음이 분명했다. 그레테가 얼굴을 아버지 가슴에 묻기라도 했는지 코맹맹이 소리로 대답했다.

"엄마가 기절했어요. 하지만 벌써 좋아졌어요. 그레고르가 뛰쳐나왔거든요."

"내 그럴 줄 알았다."

아버지가 말했다.

"내가 항상 말했잖아. 하지만 너희 여자들은 들으려고 하지 않
거든."

그레고르가 보기에 아버지는 그레테의 짤막한 말을 잘못 해석
하여 그레고르가 난폭한 행동을 한 것으로 받아들이고 있었다. 따
라서 그레고르는 아버지를 진정시킬 방법을 찾아야 했다. 아버지
에게 사건을 해명할 시간도 가능성도 없었기 때문이다. 그래서 그
레고르는 자신의 방으로 향하는 문 쪽으로 도망쳐 거기에 몸을 갖
다 댔다. 현관방에 들어서는 아버지에게 그레고르는 자기 방으로
돌아가고 싶은 마음이 굴뚝같으며 따라서 자기를 몰아내지 말고
문만 열어 주면 곧 사라지겠다는 것을 확인시켜 주기 위해서였다.

그러나 아버지는 그러한 세심함을 알아차릴 기분이 아니었다.

"아!"

아버지는 안으로 들어서면서 화가 나는 것과 동시에 기쁜 듯이
소리쳤다. 그레고르는 문에서 머리를 떼어 아버지를 향해 쳐들었
다. 그는 거기에 서 있는 아버지의 모습을 상상해 본 적이 없었다.
물론 그는 예전에 집안의 돌아가는 사정에 대해 신경 썼지만 최근
에는 새로운 방식으로 구석구석 살피는 일을 게을리 했었다. 원래

는 변화된 상황에 대처할 준비를 하고 있어야 했다. 그럼에도 불구하고, 그럼에도 불구하고 저 사람이 아버지였던가? 예전에 그레고르가 출장에서 돌아오면 피곤한 몸으로 침대에 파묻혀 있던 그 남자와 같은 사람인가? 퇴근하는 그를 잠옷 바람으로 안락의자에서 맞이하면서 전혀 일어서지도 못하고 반가움의 표시로 겨우 두 팔을 들어올리던 그 사람인가? 일 년에 두세 번의 일요일과 최고의 축제일에나 함께 산책을 할 때에는 그렇지 않아도 천천히 걷는 그레고르와 어머니 사이에서 낡은 외투에 몸을 감싼 채 항상 조심스럽게 앞쪽으로 지팡이를 짚으며 더 천천히 걸으면서 무슨 말을 하고 싶으면 거의 언제나 조용히 서서 동행자들을 자기 주위로 불러 모으던 그 사람인가? 아버지는 지금 제대로 차려입고 있었다. 금단추가 달린 말끔한 청색 제복은 은행 경비원이 입는 옷이었다. 윗옷의 높고 뻣뻣한 칼라 위로는 아버지의 두툼한 이중 턱이 튀어나와 있었다. 숱이 많은 눈썹 아래 검은 눈은 원기 있고 주의 깊은 시선을 보내고 있었다. 평소에는 흐트러져 있던 흰 머리카락들은 지나칠 정도로 반듯하고 번들거리는 가르마를 타서 빗겨져 있었다. 그는 추측건대 은행의 머리글자가 금빛으로 새겨진 모자를 던져서 포물선을 그리며 방 안을 날아가 소파 위에 떨어지게 했다. 그 다음에는 기다란 제복 윗옷의 끝을 뒤로 젖히고 두 손을 바지 주머니에 집어넣은 채 찡그린 얼굴로 그레고르에게 다가갔다. 아버지는 스스로 무엇을 해야 할지 알지 못했다. 어쨌든 그는 발을 엄청 높이 쳐들었다. 그레고르는 아버지의 장화 바닥의 엄청난 크기에 놀랐다. 하지만 그는 거기에 그냥 머물러 있지는 않았다. 그는 새로운 삶이 시작된 첫날부터 아버지가 자신을 최고로 엄하게 대하는 편이 좋겠다고 생각했다는 것을 알고 있었다. 그래서 그는 아버지로부터 도망쳤다. 아버지가 서 있으면 멈칫했다가 아버지가 움직이면 다시 앞으로 내달렸다. 이런 식으로 그들은 방을 여러 바퀴 돌았지만 결정적인 일은 벌어지지 않았다. 전체적으로는 느린 속도 때문에 누구를 쫓는다는 인상도 주지 못했다. 그래서 그레고르는 일단 바닥을 벗어나지 않았다. 벽이나 천장으로 도망치면 아버지가 몹시 괘씸하게 여길까 봐 두려웠기 때문이다. 물론 그레고르는 이러한 달리기를 오래 견디지 못하리라는 것을 알고 있었다. 아버지가 한 발자국 움직이는 동안 그는 수없이 많은 동작을 해야 했기 때문이다. 숨이 차오르면서 예전에도 심장이 썩 좋지는 않았다는 생각이 들기 시작했다. 그는 거의 눈도 뜨지 못한 채 비틀거리며 달리기를 위해 힘을 모으려고 했다. 무감각해진 상태에서 달리기 말고는 스스로를 구할 다른 방법은 생각나지 않았다. 그는 비록 온통 각이 지고 뾰족한 부분들로 세공된 가구들에 막혀 있기는 하지만 벽들을 자유롭게 활용할 수 있다는 것을 거의 잊고 있었다.

그때 슬쩍 던져진 어떤 것이 그레고르 옆에 떨어지더니 몸 앞으로 굴러 왔다. 그것은 사과였다. 곧 두 번째 사과가 날아왔다. 그레고르는 놀란 나머지 멈춰 섰다. 더 달아나는 것은 소용없는 일이었다. 아버지가 그에게 폭탄 세례를 주려고 결심했기 때문이다. 아버지는 탁자 위의 과일 그릇에서 사과들을 집어 호주머니에 가득 넣은 다음 우선 제대로 겨냥도 하지 않고 하나씩 던졌다. 이 작은 붉은색 사과들은 마치 전기 장치가 된 것처럼 바닥을 이리저리 굴러다니다가 서로 부딪치기도 했다. 약하게 던진 사과 하나가 그레고르의 등을 스쳤으나 아무런 해도 입히지 않고 굴러 떨어졌다. 이와 달리 바로 그 다음에 날아온 사과는 그레고르의 등에 박힌 것처럼 보였다. 그레고르는 급작스레 찾아온 믿을 수 없는 통증이 장소를 바꾸면 사라지기라도 할 것처럼 몸을 움직이고 싶었다. 하지만 그는 그 자리에 못 박힌 듯한 느낌이 들었으며 모든 감각이 혼란스러워지는 상태에서 몸을 뻗었다. 그는 마지막으로 자기 방문이 열어젖혀져 있는 것을 보았다. 거기에서 비명을 지르는 누이동생에 앞서 어머니가 속옷 차림으로―누이동생은 어머니가 기절 상태에서 호흡을 잘할 수 있도록 어머니의 옷을 벗겼었다―뛰쳐나왔다. 그 다음에 어머니는 아버지에게로 달려갔고 도중에 끈이 풀어진 치마가 하나씩 벗겨져 바닥에 떨어졌다. 어머니가 비틀거리며 치마를 밟고 넘어가 아버지에게로 달려가 끌어안는 바람에 두 사람은 완전히 하나가 되었다. 어머니는―그레고르의 눈이 가물 가물해졌을 때―두 손으로 아버지의 머리를 감싸 안고는 그레고르를 살려 줄 것을 애원했다.

제3장

한 달 이상이나 고통스러워했을 정도로 심한 그레고르의 부상 은―아무도 사과를 빼내 줄 엄두를 내지 못했기 때문에 눈에 보이는 기념품처럼 살 속에 박혀 있었다―아버지에게 그레고르가 현재의 처량하고 역겨운 모습에도 불구하고 식구라는 점을 기억하게 만들어 준 것처럼 보였다. 식구에 대해서는 원수처럼 대해서는 안 되고, 반감을 억누르면서 참고 또 참는 것이 가족의 의무라는 계율이었다.

그레고르는 비록 상처로 인해 민첩함을 아마도 영원히 잃어버리고 자기 방을 가로질러 가는 데에도 늙은 상이군인처럼 시간이 오래 걸렸지만―높은 곳에서 기어 다니는 일은 생각조차 할 수 없었다―상태가 악화되어 가는 것에 대한 충분한 보상을 받았다고 생각했다. 즉 저녁 무렵이면 그가 버릇처럼 한두 시간 전부터 뚫어지게 쳐다보던 거실 문이 열렸던 것이다. 그러면 그는 거실에서는 자신을 볼 수 없도록 자기 방의 어둠 속에 누워 불빛이 비치는 식탁 주위의 가족 모두를 바라보는가 하면, 이전과는 완전히 다르게 어느 정도 모두의 허락을 받고 그들의 말에 귀 기울일 수 있었다.

물론 그것은 그레고르가 예전에 작은 호텔 방에서 지친 몸을 눅눅한 침대 시트에 맡겨야 할 때면 항상 약간 그리워하며 생각했던 활기찬 대화는 더 이상 아니었다. 지금은 대부분 매우 조용하기만 했다. 아버지는 저녁 식사 후 곧 안락의자에서 잠이 들었으며 어머니와 누이동생은 서로에게 조용히 할 것을 주문했다. 어머니는 불빛 아래에서 몸을 굽힌 채 양장점의 고급 속옷을 들고 바느질했다. 판매원으로 취직한 누이동생은 나중에 더 나은 일자리를 얻기 위해 저녁에 속기와 프랑스어를 배우고 있었다. 가끔 아버지가 잠에서 깨어났다. 그는 자신이 잠을 잤다는 사실을 전혀 모르는 듯이 어머니에게 "오늘 또 바느질을 오래 하는구면" 하고 말한 다음 곧 다시 잠이 들었다. 그동안 어머니와 누이동생은 피곤한 표정으로 서로에게 미소를 지어 보였다.

아버지는 일종의 고집처럼 집에서도 경비원 제복을 벗는 것을 거부했다. 잠옷은 쓸모도 없이 옷걸이에 걸려 있는 반면에 아버지는 마치 항상 근무 준비를 하고 상사의 지시를 기다리는 것처럼 옷을 완전히 입은 채로 자기 자리에서 졸았다. 그 결과 처음부터 새 옷이 아니었던 제복은 어머니와 누이동생의 세심한 손질에도 불구하고 점점 후줄근해졌다. 그레고르는 자주 저녁 내내 여기저기 얼룩이 묻어 있고 항상 잘 닦여진 금단추가 번쩍거리는 옷을 바라보곤 했다. 그 옷을 입은 노인은 매우 불편해 하면서도 조용히 잠을 잤다.

시계가 10시를 알리는 종을 치자마자 어머니는 나지막한 목소리로 아버지를 깨운 다음 침대로 가라고 설득했다. 의자에서는 제대로 잠을 잘 수 없기 때문이다. 새벽 6시에 근무를 시작해야 하는 아버지에게는 제대로 잠을 자는 것이 절대적으로 필요했다. 그러나 아버지는 수시로 잠이 들면서도 경비원으로 일하게 되면서 생긴 고집을 부리며 식탁에 더 오래 남아 있으려고 했다. 그래서 안락의자를 침대로 바꾸도록 움직이게 하는 일은 매우 힘들었다. 이때 어머니와 누이동생은 아버지를 재촉하면서 약간 나무라기까지 했다. 아버지는 15분 동안이나 천천히 머리를 흔들었지만 두 눈을 감은 채 일어나려고 하지 않았다. 어머니가 그의 소매를 잡아당기며 귀에 대고 달래는 말을 하는 동안 누이동생이 하던 일을 그만두고 어머니를 도와주었지만 아버지는 끄떡도 하지 않았다. 그는 안락의자에 더 깊이 파묻혔을 뿐이다. 여자들이 그의 겨드랑이를 잡았을 때에야 그는 눈을 뜨고 어머니와 누이동생을 번갈아 쳐다보면서 "이게 인생이야. 이게 내 말년의 휴식이지"라고 말했다. 두 여자의 부축을 받은 아버지는 마치 자기 자신이 엄청 무거운 짐이

라도 되는 듯이 어기적거리며 몸을 일으켰다. 여자들이 문까지 데려다 주면 거기에서 아버지는 그들에게 손짓을 한 다음 혼자 힘으로 걸어갔다. 그 사이에 어머니는 바느질감을, 누이동생은 펜을 급히 치우고 아버지를 뒤쫓아 가서 계속 거들어 주었다.

  힘든 일에 기진맥진해진 식구들 중에서 누가 그레고르를 정성껏 돌봐 줄 시간을 낼 수 있겠는가? 살림살이는 점점 더 쪼그라들었다. 하녀도 내보낼 수밖에 없었다. 흰 머리카락이 흩날리는 뼈마디가 굵은 파출부가 아침저녁으로 와서 가장 힘든 일을 해 주었다. 다른 모든 것은 어머니가 바느질 일을 하는 틈틈이 처리했다. 심지어는 예전에 어머니와 누이동생이 오락 행사나 축제 때 행복해 하며 치장하던 여러 가지 장신구를 팔아 버리는 일까지 생겼다. 그레고르는 식구들이 장신구 가격을 의논하던 어느 날 저녁에 이런 사실을 알게 되었다. 그러나 가장 큰 걱정거리는 현재의 형편으로는 너무 큰 집을 떠날 수 없다는 데 있었다. 그레고르를 어떻게 옮길지 좋은 방도가 떠오르지 않았던 탓이다. 그러나 그레고르는 이사를 방해하는 것이 자신에 대한 배려 때문만은 아니라는 것을 알고 있었다. 적당한 상자에 두세 개의 공기구멍을 뚫어 놓으면 그를 쉽게 운반할 수 있었기 때문이다. 가족이 집을 바꾸지 못하게 막는 주된 이유는 오히려 완전한 절망감과 함께 친척과 아는 사람들 중에서 그 누구도 당한 적이 없는 불행에 빠졌다는 생각 때문이었다. 세상이 가난한 사람들에게 요구하는 것을 그들은 최대한 충족시켜 주었다. 아버지는 말단 은행원들에게 아침 식사를 가져다주었고, 어머니는 낯선 사람들의 속옷을 위해 자신을 희생했다. 누이동생은 손님들의 요구에 따라 판매대 뒤에서 이리저리 뛰어다녔다. 그러나 가족의 힘은 더 이상의 것에는 미치지 못했다. 아버지를 침대에 모셔다 놓고 돌아온 어머니와 누이동생은 일감은 제쳐 두고 뺨과 뺨이 맞닿을 정도로 붙어 앉아 있다가 어머니가 그레고르의 방을 가리키며 "저기 문을 닫아야겠구나, 그레테야"라고 말하고 나서 그레고르가 다시 어둠 속에 있는 동안 옆방에서 여자들끼리 서로 부둥켜안고 눈물을 흘리거나 혹은 눈물이 마른 채 식탁을 응시할 때면 그레고르는 등의 상처가 덧나는 것처럼 아프기 시작했다.

그레고르는 밤이나 낮이나 거의 잠을 이루지 못했다. 가끔 그는 다음번에 방문이 열리면 예전처럼 집안의 일에 다시 주도권을 잡아야겠다는 생각을 했다. 그의 상념 속에서는 오랜만에 사장, 지배인, 점원, 실습생, 아둔한 하인, 다른 상점에서 일하던 두세 명의 친구들, 어떤 지방 호텔의 여종업원, 어렴풋한 아름다운 기억, 진심이었지만 너무 느슨한 구애의 대상이었던 모자 가게의 경리 등이 나타났다. 그들 모두는 낯선 사람들이나 혹은 이미 잊어버린 사람들과 뒤섞여 나타났다. 그러나 그들은 그와 가족을 도와주지는 않고 접근 자체가 불가능한 상태에 있었다. 그들이 사라지자 그는 기뻐했다. 하지만 가족을 돌봐 줄 기분은 전혀 들지 않았다. 자신을 푸대접한 것에 대한 분노만이 차올랐다. 그는 자신이 어떤 것에 입맛이 당기는지 상상이 안 되었지만 음식물 저장실에 가 볼 계획을 세웠다. 비록 배가 고프지 않더라도 거기에서 무엇이 자신에게 맞는지 알아보기 위해서였다. 누이동생은 이제는 더 이상 무엇으로 그레고르의 마음에 꼭 들게 할지 생각해 보지도 않고 아침과 점심때 상점으로 달려 나가기 전에 서둘러 아무 음식이나 그레고르의 방에 발로 밀어 넣었다. 저녁에 누이동생은 그가 맛만 보았는지 혹은―가장 흔한 경우지만―손도 대지 않았는지 아랑곳하지 않고 빗자루로 쓸어 담아 내갔다. 누이동생이 항상 저녁에 해 오던 방 청소는 이제 대충 해치우는 형편이 되었다. 더러운 선들이 벽을 따라 그어졌고 여기저기에 먼지와 오물 덩어리들이 놓여 있었다. 초기에는 누이동생이 들어올 때면 그레고르는 그런 구석에 가 있는 방식으로 누이동생에게 어느 정도 핀잔을 주려고 했다. 그러나 그가 몇 주일을 거기에 머물러 있었어도 누이동생은 더 나아지지 않았을 것이다. 누이동생도 그와 마찬가지로 더러운 모습을 보았지만 그대로 놔두기로 결심했던 것이다. 이때 누이동생은 가족 전체를 사로잡은, 완전히 새로운 예민함으로 그레고르 방의 청소는 자신이 전담한다는 사실을 모두에게 일깨워 주었다. 한번은 어머니가 몇 양동이의 물을 써 가며 그레고르의 방을 대청소한 적이 있었다. 그 축축함이 그레고르의 마음을 언짢게 했다. 어쨌든 그는 기분이 상해서 소파 위에 벌렁 누워 꼼짝도 하지 않았다. 그러나 벌은 어머니를 비켜 가지 않았다. 저녁에 누이동생이 그레고르 방의 변화를 알아차린 순간 대단한 모욕을 당했다는 듯이 거실로 달려갔고 어머니가 다시는 안 그러겠다고 간절하게 빌었음에도 불구하고 울음보를 터트렸기 때문이다. 부모님은―아버지는 물론 안락의자에서 깜짝 놀라 일어났다―처음에는 놀라서 어쩔 줄 모르고 서로를 쳐다보고 나서야 반응을 보이기 시작했다. 아버지는 오른쪽의 어머니를 향해 그레고르 방의 청소를 누이동생에 맡기지 않았다는 것에 대해 화를 냈고, 왼쪽의 누이동생을 향해서는 더 이상 절대로 그레고르의 방을 청소해서는 안 된다고 소리쳤다. 어머니가 흥분해서 자제력을 잃은 아버지를 침실로 데려가려고 애쓰는 동안 누이동생은 흐느낌에 몸을 흔들며 작은 주먹으로 탁자를 두드렸다. 그레고르는 아무도 이러한 광경과 소음을 막기 위해 방문을 닫을 생각을 하지 않은 것이 분하여 치를 떨었다.

그러나 누이동생이 직장 일에 지쳐 예전처럼 그레고르를 돌보는 것에 넌더리를 낸다 할지라도 어머니가 누이동생을 대신할 수는 없고, 그렇다고 그레고르를 등한시할 필요도 없었을 것이다. 왜냐하면 파출부가 있었기 때문이다. 한평생 억센 골격 덕분에 가장 지독한 경우도 이겨 낸 듯한 이 늙은 과부는 그레고르를 조금도 혐오스러워하지 않았다. 그녀는 언젠가 별다른 호기심도 없이 우연히 그레고르 방의 문을 열었다. 그레고르는 깜짝 놀라 아무도 쫓아오지 않음에도 불구하고 이리저리 달리기 시작했다. 이러한 광경을 본 그녀는 가슴에 양손을 모은 자세로 놀라서 멈춰 서 있었다. 그 다음부터 그녀는 아침저녁으로 지나가는 길에 방문을 약간 열고 그레고르 쪽으로 들여다보는 일을 게을리 하지 않았다. 처음에 그녀는 "이리 와 봐, 늙은 말똥구리야!" 혹은 "저 늙은 말똥구리 좀 봐!" 처럼 자기 만에는 다정하게 여겨지는 말로 그를 불러 보기도 했다. 그러한 인사말에 대해 그레고르는 대꾸하지 않았고 마치 방문이 열리지도 않은 것처럼 원래의 위치에서 꼼짝도 하지 않았다. 이 파출부에게 기분에 따라 쓸데없이 그를 방해하도록 만드는 대신 차라리 그의 방을 매일 청소하라는 명령을 내렸으면 좋으련만! 한번은 이른 아침에—아마도 봄이 오는 신호인 듯 세차게 내리는 비가 창문을 때렸다—파출부가 허튼소리를 다시 시작하자 그레고르는 화가 나서 느리고 힘없는 자세이기는 했지만 공격의 표시로 그녀를 향해 몸을 돌렸다. 그러나 파출부는 두려워하기는커녕 문 가까이에 놓인 의자를 높이 쳐들었다. 그녀가 입을 크게 벌리고 서 있었던 것은 손에 든 의자를 그레고르의 등에 내리쳐야만 입을 다물 것이라는 의도가 분명했다.

"더 이상은 안 되겠지?"

그레고르가 다시 몸을 돌리자 그녀가 이렇게 말하고 의자를 조용히 구석에 갖다 놓았다.

그레고르는 이제 거의 아무것도 먹지 않았다. 자신을 위해 마련한 음식 옆을 우연히 지나갈 때에만 장난삼아 한 모금 입에 집어넣고는 몇 시간 동안이나 그대로 있다가 대부분 다시 뱉어 냈다. 처음에 그는 음식을 멀리하게 된 것이 자기 방의 상태에 대한 슬픔 때문이라고 생각했다. 하지만 방의 변화에 대해서는 곧 받아들이기로 했다. 사람들이 다른 곳에 갖다 둘 수 없는 물건들을 이 방에 처박아 두는 버릇이 생겼던 것이다. 방 하나를 세 명의 하숙인들에게 세를 놓았기 때문에 그러한 물건들은 꽤나 많았다. 이 근엄한 남자들은—그레고르가 언젠가 문틈으로 확인했듯이 세 사람 모두 얼굴 전체에 수염을 기르고 있었다—자신들이 세를 들었다는 이유로 자기네 방뿐만 아니라 집안 전체, 특히 부엌의 정리 정돈에 곤혹스러울 정도로 신경 썼다. 그들은 쓸모없거나 더러운 잡동사니를 참아 내지 못했다. 이 밖에도 그들은 자신들의 살림살이 대부분을 갖고 들어왔다. 이러한 이유로 많은 물건들이 여분으로 남게 되었다. 이것들은 팔릴 만한 가치도 없었지만 버리고 싶어 하지도 않았다. 이 모든 것들이 그레고르의 방으로 옮겨졌다. 부엌에 있던 재받이통과 쓰레기통도 마찬가지였다. 항상 바쁘기만 한 파출부는 당장에 쓰지 않는 물건은 전부 그레고르의 방에 던져 넣었다. 다행히도 그레고르는 물건을 옮기는 파출부의 손을 보았을 뿐이다. 파출부는 아마도 시간이 나거나 기회가 되면 이 물건들을 다시 꺼내 오거나 모든 것을 한꺼번에 내다 버릴 심산이었다. 그러나 그것들은 실제로는 처음 던져진 자리에 그대로 놓여 있거나 그레고르가 잡동사니 사이를 비집고 다니다가 위치가 옮겨지기도 했다. 그레고르는 처음에는 마땅히 기어 다닐 자리가 없었기 때문에 어쩔 수 없이 그랬지만 나중에는 점점 더 재미가 났다. 그렇게 돌아다니고 난 후에는 말할 수 없이 지치고 슬퍼져서 다시 몇 시간 동안은 움직이지 않았다.

하숙인들은 때때로 공동으로 사용하는 거실에서 저녁 식사를 했기 때문에 그때에는 거실 문을 닫아 놓았다. 그러나 그레고르는 문을 여는 것을 쉽사리 포기했다. 그는 거실 문이 열려져 있는 저녁도 기회로 삼지 않고 식구들이 알아채지 못한 상태에서 자기 방의 가장 어두운 구석에 누워 있었다. 한번은 파출부가 거실로 통하는 문을 약간 열어 둔 적이 있었다. 하숙인들이 들어와 불을 켜놓았을 때에도 그 문은 그렇게 열려져 있었다. 그들은 예전에 아버지, 어머니, 그레고르가 식사를 하던 식탁 위쪽에 앉아 냅킨을 펼쳐 놓고 칼과 포크를 손에 잡았다. 그러자 곧바로 문에서 고기 그릇을 든 어머니가 나타났고 그 뒤로 누이동생이 감자가 수북이 담긴 그릇을 들고 따라왔다. 음식에서는 김이 무럭무럭 피어나고 있었다. 하숙인들은 식사 전에 음식을 검사라도 하려는 듯이 앞에 놓여진 그릇 위로 몸을 숙였다. 실제로 가운데에 앉아 있으면서 다른 두 사람에게 권위를 부리는 듯이 보이는 사람이 그릇에 담긴 고기 한 점을 잘라 냈다. 이것은 고기가 충분히 연한지, 혹은 부엌으로 돌려보내야 할지를 결정하기 위해서였다. 그가 만족스러워하자 긴장된 표정으로 바라보던 어머니와 누이동생은 안도의 한숨을 내쉬며 미소를 지었다.

식구들은 부엌에서 식사를 했다. 그럼에도 불구하고 부엌에 오기 전에 그 방으로 가서 모자를 손에 들고 고개를 까닥해 보이고는 식탁 주위를 한 바퀴 돌았다. 하숙인들은 모두 일어나 수염 사이로 무엇인가를 웅얼거렸다. 그들은 자기들만 남게 되자 거의 완벽한 침묵 속에서 식사를 했다. 그레고르는 식사하면서 내는 다양한 소리들 중에서도 이로 씹는 소리가 유난하게 들리는 것을 이상하게 여겼다. 이것은 마치 그레고르에게 음식을 먹기 위해서는 이가 필요하며 아무리 아름답다 할지라도 이가 없는 턱으로는 아무것도 할 수 없다는 것을 보여 주려는 것 같았다.

"식욕이 나기는 하지만."

그레고르가 근심에 차서 중얼거렸다.

"이런 음식에 대한 것은 아니야. 이 하숙인들이 배를 채우는 동

안 나는 죽고 말 거야!"

바로 이날 저녁에—그레고르는 그 시간 내내 바이올린 소리를 들었는지 기억나지 않았다—그 소리가 부엌에서 울려 퍼졌다. 하숙인들은 벌써 저녁 식사를 끝낸 뒤였다. 가운데에 앉은 사람이 신문을 집어 들고 다른 두 사람에게 신문지 한 장씩을 건넸다. 그들은 뒤로 기댄 채 신문을 읽으면서 담배를 피웠다. 바이올린 연주가 시작되자 그들이 주의를 기울였다. 그들은 자리에서 일어나 발끝으로 현관방을 향한 문 쪽으로 가서 나란히 붙어 서 있었다. 그들이 움직이는 소리를 부엌에서도 들은 모양이었다. 아버지가 "여러분께서는 연주가 마음에 안 드시나요? 당장 그만두게 할 수 있어요"라고 소리쳤기 때문이다.

"천만에요."

가운데 남자가 말했다.

"아가씨가 우리에게로 와서 이 방에서 연주할 수는 없을까요? 여기가 훨씬 편안하고 아늑한데요."

"물론입니다."

아버지는 마치 자신이 바이올린 연주자인 것처럼 소리쳤다. 남자들은 방으로 돌아가서 기다렸다. 곧 아버지가 악보대를 들고 왔고, 어머니와 누이동생은 각각 악보와 바이올린을 가져왔다. 여동생은 조용히 연주 준비를 했다. 이전에 한 번도 방을 세놓은 적이

없어서 하숙인들에 대한 예의가 지나친 부모님은 자신들의 안락의
자에 앉을 엄두를 내지 못했다. 아버지는 오른손을 단추를 채운
경비원 제복 윗옷의 단추 두 개 사이에 집어넣은 채 문가에 기대어
있었다. 그러나 어머니는 한 남자로부터 안락의자를 권해 받고서
그 남자가 그것을 우연히 갖다 놓은 한쪽 구석 자리를 그대로 받아
들여 거기에 앉아 있었다.

누이동생이 연주를 시작했다. 아버지와 어머니는 각각 자기 자
리에서 누이동생의 손놀림을 주의 깊게 따라갔다. 그레고르는 연
주에 이끌려 약간씩 앞으로 나아가더니 벌써 머리를 거실 안으로
내밀게 되었다. 그는 최근에 다른 사람들을 별로 배려하지 않은
것에 대해 거의 놀라워하지 않았다. 예전에 이러한 배려는 그의
자랑이었다. 그렇다면 자신의 몸을 숨겨야 할 이유는 충분했다.
그의 방 도처에 널려 있고 조금만 움직여도 흩날리는 먼지 때문에
그의 몸도 먼지로 뒤덮여 있었기 때문이다. 그는 실밥, 머리카락,
음식 찌꺼기를 등과 옆구리에 달고 다녔다. 예전에 하루에도 몇
번씩 하던 것처럼 등을 대고 누워 양탄자에 문지르기에는 모든 것
에 대해 너무 무관심했다. 이러한 상태에도 불구하고 그는 거실의
말끔한 바닥에 몸을 내미는 일을 주저하지 않았다.

물론 아무도 그를 주시하지 않았다. 식구들은 예외 없이 바이올
린 연주에 정신을 빼앗기고 있었다. 이와 달리 처음에는 두 손을

바지 주머니에 집어넣은 채 악보를 볼 수 있을 정도로 악보대 뒤에 바짝 붙어 서 있어서 여동생에게 방해가 되었던 하숙인들은 곧 머리를 숙이고 꽤 큰 소리로 대화를 나누면서 창문 쪽으로 물러나 아버지가 근심 어린 표정으로 바라보는 가운데 거기에 머물렀다. 실제로 그것은 그들이 나름대로 아름답거나 흥겨운 바이올린 연주를 기대했지만 실망했으며 분명히 연주에 싫증이 났지만 예의상 그대로 놔두는 것처럼 보이게 했다. 특히 그들 모두가 코와 입으로 담배 연기를 공중에 뿜어 대는 모습은 몹시 신경질을 내는 것 같은 인상을 주었다. 하지만 누이동생은 멋지게 연주하고 있었다. 얼굴은 옆으로 기울이고 있었으며 음미하면서 슬픈 듯한 눈길은 악보를 좇아갔다. 그레고르는 약간 더 앞으로 기어 나가 누이동생과 눈길을 마주칠 수 있도록 머리를 바닥에 바짝 갖다 댔다. 그가 동물이라면 음악이 그를 사로잡을 수 있었을까? 그는 마치 갈망해 온 미지의 양식에 이르는 길이 나타난 것 같은 생각이 들었다. 그는 누이동생에게로 달려가 스커트를 잡아당기며 바이올린을 가지고 자기 방으로 오라는 암시를 주기로 결심했다. 여기에 있는 그 누구도 자신이 원하는 만큼 연주에 대해 보답을 하지 않았기 때문이다. 그는 적어도 자신이 살아 있는 동안에는 누이동생을 자기 방에서 내보내고 싶지 않았다. 그의 끔찍한 모습이 처음으로 쓸모가 있을지 몰랐다. 그는 자기 방으로 통하는 모든 문을 동시에 지

키면서 공격자들을 물리치고 싶었다. 그러나 누이동생은 강요에 의해서가 아니라 자발적으로 자기 곁에 있어야 했다. 소파에 있는 그의 곁에 앉아서 그를 향해 귀 기울이면 음악 학교에 보낼 확고한 계획을 가지고 있다는 것과 불행한 일만 생기지 않았다면 지난 크리스마스에 ─크리스마스가 벌써 지나갔던가?─그 어떤 반대에도 구애받지 않고 모두에게 말했을 것이라는 속마음을 털어놓고 싶었다. 이러한 설명을 듣고 나면 누이동생은 감동의 눈물을 흘릴 것이고 그레고르는 누이동생의 어깨 높이까지 몸을 일으켜 그녀가 상점에 나가기 시작한 이후 리본이나 칼라도 없이 드러내 놓고 다니는 목에 키스할 것이다.

"잠자 씨!"

가운데 남자가 아버지에게 소리치더니 더 이상 아무 말도 하지 않고 집게손가락으로 천천히 앞으로 움직이고 있던 그레고르를 가리켰다. 바이올린 소리가 그쳤다. 가운데 하숙인이 머리를 흔들며 친구들에게 미소를 지어 보이더니 다시 그레고르를 쳐다보았다. 아버지는 그레고르를 쫓아내는 것보다 하숙인들을 진정시키는 것이 급선무라고 여기는 것처럼 보였다. 하지만 그들은 전혀 흥분하지 않았으며 바이올린 연주보다 그레고르에게 더 흥미를 느끼는 것 같았다. 아버지는 그들에게 달려가 두 팔을 벌려 그들을 자기네 방으로 밀어 넣으려고 하면서 동시에 몸으로는 그레고르의 모습이 드러나는 것을 막아 보려고 했다. 그들은 실은 약간 화를 냈다. 그것이 아버지의 태도 때문인지, 아니면 그레고르 옆방에 살고 있었던 사실을 몰랐다가 이제야 알게 된 것 때문인지 더 이상 알 수는 없었다. 그들은 아버지에게 해명을 요구하면서 두 팔을 쳐들고 불안한 듯이 수염을 잡아당기더니 서서히 자신들의 방으로 물러났다. 그 사이에 누이동생은 갑자기 중단된 연주로 인한 상실감을 극복하고 한동안 축 늘어진 손에 바이올린과 활을 잡고 마치 연주를 하려는 듯이 악보를 쳐다보더니 한순간에 정신을 다시 차렸다. 그 다음에 호흡이 곤란하여 심장이 마구 뛰는 상태에서 안락의자에 앉아 있는 어머니의 무릎 위에 악기를 올려놓고 옆방으로 달려갔다. 하숙인들은 아버지가 재촉하는 바람에 자기네 방으로 점점 더 빨리 다가가고 있었다. 누이동생의 능숙한 손놀림 속에서 이불과 베개가 침대 위에서 요동치더니 차츰 정돈되어 가는 모습이 보였다. 남자들이 방에 도착하기 전에 누이동생은 침대 정돈을 끝마치고 방을 빠져나갔다. 아버지는 자신의 고집에 사로잡혀 하숙인들에게 당연히 가져야 할 모든 존경심을 잊어버린 것처럼 보였다. 그는 계속 밀치기만 하다가 결국에는 가운데 남자가 버럭 화를 내며 발을 구르는 바람에 멈춰 서고 말았다.

"이 자리에서 밝혀 두지만."

그는 이렇게 말하고 한 손을 쳐들면서 시선으로는 어머니와 누이동생을 찾았다.

"나는 이 집과 가족을 감싸고 있는 역겨운 상황을 감안하여."

여기에서 그는 단호한 태도로 바닥에 침을 뱉었다.

"내 방을 즉시 해약하겠습니다. 당연히 여기서 살았던 날들에 대한 하숙비도 한 푼도 내지 않을 작정입니다. 오히려 당신에 대해, 정말입니다, 타당한 이유를 쉽게 찾을 수 있는 어떤 요구를 하게 될지 생각해 보겠습니다."

그는 말을 멈추고 무엇인가를 기대하는 듯이 허공을 응시했다. 실제로 그의 두 친구들도 곧바로 다음과 같은 말을 내뱉었다.

"우리도 즉시 방을 해약하겠습니다."

뒤이어 그가 문고리를 잡고 쾅 하는 소리와 함께 문을 닫았다.

아버지는 비틀거리면서 양손으로 더듬으며 안락의자로 가더니 거기에 털썩 주저앉았다. 그는 마치 평소처럼 초저녁잠을 자려고 몸을 쭉 뻗은 것 같았다. 그러나 쉬지 않고 머리를 세차게 끄덕이는 모습은 그가 전혀 잠을 자지 않고 있다는 것을 보여 주었다. 그레고르는 그 시간 내내 하숙인들이 자신을 발견한 자리에 가만히 누워 있었다. 자신의 계획이 실패한 것에 대한 실망감과 함께 어쩌면 수없이 굶은 것으로 인한 허약함이 움직이는 것을 불가능하게 만들었는지도 몰랐다. 그는 금방이라도 자신의 몸 위에서 무엇인가가 폭발하며 쏟아져 내릴지도 몰라서 두려워하며 기다렸다.

어머니가 떨리는 손으로 붙잡고 있던 바이올린이 그녀의 무릎에서 떨어져 요란한 소리를 냈지만 그를 조금도 놀라게 하지 않았다.

"엄마, 아빠, 저 좀 보세요."

누이동생이 말을 꺼내면서 손으로 식탁을 두드렸다.

"이런 식으로는 더 이상 안 돼요. 두 분은 아마 잘 모르시겠지만 저는 잘 알아요. 이런 괴물을 보고 오빠라고 부르고 싶지 않아요. 간단히 말하지요. 우리는 저것으로부터 벗어날 길을 찾아야 해요. 저것을 돌보고 참아 내면서 인간이 할 도리를 다했어요. 아무도 우리를 절대로 비난할 수는 없을 거예요."

"저 애 말이 맞고말고."

아버지가 중얼거렸다. 아직 제대로 숨을 쉴 수 없는 어머니는 정신 착란을 일으킨 듯한 눈길을 보내며 손을 입에 갖다 대고 마른 기침을 하기 시작했다.

누이동생이 어머니에게로 달려가 이마를 짚어 보았다. 아버지는 누이동생의 말로 인해 좀 더 분명한 생각을 갖게 된 듯이 보였다. 그는 똑바로 앉아 하숙인들의 저녁 식사 때부터 식탁에 놓여 있는 접시들 틈에서 경비원용 모자를 만지작거리며 움직임이 없는 그레고르를 가끔씩 쳐다보았다.

"우리는 저것으로부터 벗어날 길을 찾아야 해요."

누이동생이 이제는 아버지만을 향해 말했다. 어머니는 기침 때문에 아무것도 듣지 못했기 때문이다.

"저것이 두 분을 죽이고야 말 거예요. 그런 예감이 들어요. 우리 모두가 어렵게 일을 해야 하는 처지에 집에서 이런 애물단지를 감당할 수는 없어요. 저도 더 이상은 안 되겠어요."

누이동생이 너무 심하게 울음을 터뜨리는 바람에 눈물이 어머니의 얼굴로 흘러내렸다. 어머니는 기계적인 손동작으로 눈물을 닦아 냈다.

"얘야."

아버지가 동정심과 유별난 이해심을 보이며 말했다.

"하지만 우리가 어떻게 해야 되겠니?"

누이동생은 이전의 확신과는 반대로 우는 동안에 스스로를 사로잡은 무력감의 표시로 어깨를 으쓱해 보였을 뿐이다.

"저 애가 우리 말을 알아듣기라도 한다면."

아버지가 반쯤은 물어보는 투로 말했다. 누이동생은 우는 와중에도 그런 일은 생각할 수도 없다는 듯이 손을 세차게 흔들었다.

"저 애가 우리 말을 알아듣기라도 한다면."

아버지가 반복해서 말하고는 그것이 불가능하다는 누이동생의 확신을 받아들이듯이 두 눈을 지그시 감았다.

"저 애와 어떤 합의가 가능할 수도 있을 텐데 말이야. 하지만……."

"저건 없어져야 해요."

누이동생이 소리쳤다.

"그게 유일한 방법이에요, 엄마, 아빠. 저것이 그레고르라는 생각은 떨쳐 버려야 해요. 우리가 오랫동안 그렇게 믿어 온 것이 진짜 불행이에요. 대체 저것이 어떻게 그레고르일 수 있겠어요? 저것이 그레고르라면 인간이 그런 동물과 함께 사는 것이 불가능하다는 것을 이미 알아차리고 제 발로 나갔을 거예요. 그러면 우리한테는 오빠가 없어지는 셈이지만 계속 살아가면서 그에 대한 기억을 소중하게 간직할 수 있을 테죠. 그런데 이 동물은 우리를 쫓아다니는가 하면 하숙인들을 내쫓기도 해요. 분명히 온 집안을 차지하고서는 우리를 노숙자로 만들 거예요. 저것 좀 보세요. 아빠!"

누이동생이 갑자기 소리를 질렀다.

"벌써 또 시작하는군요!"

그레고르로서는 전혀 이해가 되지 않는 공포에 사로잡힌 누이동생은 심지어 어머니 곁을 벗어났다. 그레고르와 가까이 있기보다는 차라리 어머니를 희생시키겠다는 듯이 어머니의 안락의자에서 뛰쳐나와 아버지 뒤로 달려갔다. 누이동생의 행동에 자극 받은 아버지 역시 자리에서 일어나 그녀를 보호하려는 듯이 앞에서 두 팔을 반쯤 처들었다.

그러나 그레고르는 여동생을 포함하여 그 누구에게도 겁을 줄 생각은 전혀 없었다. 자기 방으로 돌아가기 위해 몸을 돌리기 시작했을 뿐이다. 물론 이것은 유별나게 보였다. 고통스러운 상태로 인하여 어렵게 몸을 돌리면서 머리를 함께 움직여야 했는데 이때 머리를 여러 번 들었다가 바닥에 부딪혔기 때문이다. 그는 동작을 멈추고 주위를 살폈다. 그의 좋은 의도가 인식된 듯이 보였다. 한 순간 놀란 것뿐이었다. 이제 모두가 침묵한 가운데 슬프게 그를 쳐다보았다. 어머니는 두 다리를 쭉 펴서 포갠 상태로 안락의자에 파묻혀 있었다. 어머니의 두 눈은 지쳐서 거의 감겨져 있었다. 아버지와 누이동생은 나란히 앉아 있었다. 누이동생은 아버지의 목을 껴안은 자세였다.

'이제는 아마 몸을 돌려도 좋겠지.'

그레고르는 이렇게 생각하고 하던 일을 다시 시작했다. 그는 힘이 들어 헐떡거리지 않을 수 없었으며 가끔 쉬어야만 했다. 그 밖에는 아무도 그를 재촉하지 않았다. 모든 것이 그 자신에게 내맡겨져 있었다. 몸을 돌리는 일이 끝나자 그는 즉시 물러나기 시작했다. 그는 자기 방에서 이렇게 멀리 나온 것에 대해 놀랐다. 조금 전에 허약한 몸으로 별다른 생각도 없이 이 먼 거리까지 기어 나온 것을 이해하기 어려웠다. 빨리 기어갈 궁리만 하느라고 그는 식구들의 그 어떤 말이나 외침도 방해가 되지 않은 것에 대해서는 거의 의식하지 못했다. 문 안쪽에 이르렀을 때에야 그는 머리를 돌렸다. 목을 완전히 돌리지 못한 것은 목이 뻣뻣해지는 것을 느꼈기 때문이다. 어쨌든 그는 자신의 뒤쪽에는 아무런 변화도 없었다는 것을 확인했다. 다만 누이동생이 일어나 있었다. 그의 마지막 시선이 완전히 잠이 든 어머니를 스쳐 지나갔다.

그가 방 안에 들어서자마자 문이 급히 닫히더니 빗장이 질러지며 잠겼다. 뒤에서 나는 갑작스러운 소음에 그레고르는 놀란 나머지 다리가 꺾였다. 그렇게 서둘러 문을 잠근 사람은 누이동생이었다. 그녀는 이미 일어나서 기다리고 있다가 잽싸게 움직였던 것이다. 그레고르는 누이동생이 다가오는 소리를 전혀 듣지 못했다. 누이동생은 자물통에 열쇠를 꽂아 돌리면서 부모님을 향해 "됐어요"라고 소리쳤다.

"자, 이제는 어떡하지?"

그레고르는 스스로에게 물어보며 어둠 속에서 주위를 둘러보았다. 그는 곧 자신이 더 이상 움직일 수 없다는 것을 발견했다. 그는 이에 대해 놀라워하지는 않았다. 오히려 지금까지 이처럼 가느다란 다리로 돌아다닐 수 있었다는 것이 부자연스럽게 여겨졌다. 이 밖에는 비교적 편안한 기분이었다. 온몸에 통증이 있었지만 그것마저 차츰 약해져서 결국에는 완전히 없어질 것 같은 생각이 들었다. 등에 박힌 썩은 사과나 염증이 난 후 살짝 먼지가 덮인 그 주변도 벌써 별다른 감각이 없었다. 그는 가족에 대해 회상하며 감동과 사랑을 느꼈다. 자신이 없어져야 한다는 생각은 어쩌면 누이동생의 생각보다 더 확고했다. 교회 시계탑의 시계가 새벽 3시를 알릴 때까지 그는 이처럼 공허하고 평화로운 명상에 잠겨 있었다. 창밖에서 세상이 환해지기 시작하는 것도 보았다. 그 다음에 그의 머리가 자신도 모르게 푹 수그러졌다. 그의 콧구멍에서 마지막 숨이 약하게 흘러나왔다.

이른 아침에 파출부가 와서—조심해 달라고 몇 번이나 부탁했지만 모든 문을 힘껏 급하게 닫는 바람에 그녀가 오면 집 안에서 조용히 자는 것은 더 이상 불가능했다—평소처럼 그레고르의 방을 잠깐 들여다보았으나 처음에는 특이한 점을 발견하지 못했다. 그녀는 그레고르가 일부러 움직이지 않고 누워 마음이 상한 척하고 있다고 생각했다. 그녀는 그가 온갖 분별력을 다 갖고 있다고 믿었다. 우연히 긴 빗자루를 손에 들고 있던 터라 그녀는 문가에 서서 그것으로 그레고르를 간질이려고 했다. 아무 반응이 없자 그녀는 짜증이 나서 그레고르를 약간 찔러 보았다. 아무 저항도 받지 않고 그레고르를 자기 자리에서 밀어낸 다음에서야 그녀는 정신이 번쩍 들었다. 그녀는 곧 사건의 진상을 인식하고 눈이 휘둥그레져서 휘파람 소리를 냈다. 그러나 거기에 오래 머물러 있지 않고 침실 문을 열어젖히고는 어둠 속을 향해 큰 소리로 외쳤다.

"이것 좀 보세요. 그게 죽었어요. 저기에 뻗어 있네요. 완전히

122

죽었어요."

잠자 부부는 침대에 똑바로 앉아 파출부가 전하는 말을 파악하기도 전에 그녀 때문에 놀란 가슴을 쓸어 내려야 했다. 그 다음에 잠자 부부는 각자 서둘러 침대에서 내려왔다. 잠자 씨는 어깨에 이불을 걸치고 있었으며 잠자 부인은 잠옷 바람이었다. 그러한 모습으로 그들은 그레고르의 방에 들어갔다. 그 사이에 하숙인들이 들어온 다음부터 그레테가 잠을 자던 거실 문이 열렸다. 그녀는 전혀 잠을 자지 않은 듯이 옷을 다 입고 있었다. 그녀의 창백한 얼굴 역시 그것을 증명해 주는 듯이 보였다.

"죽었나요?"

잠자 부인이 말하고는 스스로 모든 것을 시험해 보거나 심지어는 시험해 보지 않고도 알 수 있었음에도 불구하고 의아한 표정으로 파출부를 쳐다보았다. 파출부는 "내 생각에는 그래요"라고 말하고 나서 이것을 입증하기 위해 빗자루로 그레고르의 시체를 옆쪽으로 한참이나 밀었다. 잠자 부인은 빗자루를 제지하려는 듯한 동작을 취했지만 실제로 그렇게 하지는 않았다.

"글쎄."

잠자 씨가 말했다.

"이제 우리가 하느님께 감사할 수 있겠구나."

그가 성호를 긋자 세 여자가 따라 했다. 시체에서 눈을 떼지 않던 그레테가 말했다.

"얼마나 말랐는지 좀 보세요. 벌써 오랫동안 아무것도 먹지 않았거든요. 음식들은 안에 들여놓은 상태 그대로 다시 밖으로 나왔어요."

실제로 그레고르의 몸은 완전히 납작해졌고 바싹 말라 있었다. 이것을 지금에서야 알게 된 것은 그의 몸이 더 이상 다리로 지탱되는 상태가 아니었고 이 밖에 그 어떤 것도 시선을 딴 쪽으로 돌리지 못하게 만들었기 때문이다.

"그레테야, 잠깐 우리 방으로 들어오너라."

잠자 부인이 애처로운 미소를 지으며 말했다. 그레테는 시체를 힐끔힐끔 뒤돌아다보며 부모님을 따라 침실로 들어갔다. 파출부는 문을 닫고 창문을 활짝 열었다. 이른 아침임에도 불구하고 신선한 공기에는 온화한 기운이 감돌았다. 벌써 3월 말이었다.

세 명의 하숙인들이 자기 방에서 나와 아침 식사를 찾다가 놀란 표정을 지었다. 모두가 그들을 잊고 있었던 것이다.

"아침 식사는 어디에 있나요?"

가운데 하숙인이 파출부에게 통명스럽게 물었다. 그러나 파출부는 손가락을 입에 댄 채 말없이 황망한 표정으로 그 남자들에게 그레고르의 방에 가 보라고 눈짓을 했다. 그들도 벌써 환해진 방 안으로 들어가서 약간 낡은 윗옷 호주머니에 두 손을 찔러 넣은 자세로 그레고르의 시체 주위에 둘러섰다.

이때 침실 문이 열리더니 경비원 제복 차림의 잠자 씨가 양쪽 팔에 부인과 딸을 끼고 나타났다. 모두가 약간 울고 난 모습이었다. 그레테는 이따금 아버지 팔에 얼굴을 묻었다.

"당장 내 집에서 나가시오."

잠자 씨가 말하고 나서 문을 가리켰다. 그 와중에도 여자들을 자신의 몸에서 떼어 놓지 않았다.

"무슨 말씀이신지요?"

가운데 하숙인이 약간 당황한 듯이 말하며 위선적인 미소를 지었다. 다른 두 사람은 뒷짐을 진 채 연신 두 손을 비벼 대고 있었다. 그들은 마치 자신들에게 유리하게 끝날 수밖에 없는 심한 언쟁을 신이 나서 기다리는 것 같았다.

"내가 말한 그대로요."

잠자 씨가 대답하고 나서 두 동반자와 일렬로 그 하숙인에게 다가갔다. 그 사람은 처음에는 가만히 서 있다가 마치 돌아가는 형세를 마음속으로 새로 정리한 듯이 바닥을 내려다보았다.

"그렇다면 우리가 나가겠습니다."

그는 말을 마친 후 갑자기 겸손함을 내보이며 심지어 이러한 결심에 대해 새로운 승낙이라도 얻으려는 듯이 잠자 씨를 쳐다보았다. 잠자 씨는 두 눈을 부릅뜨고 그에게 여러 번 짧게 고개를 끄덕여 보였을 뿐이다. 그러자 그 남자는 실제로 즉시 현관방으로 성큼성큼 걸어갔다. 그의 두 친구는 한동안 손동작을 멈추고 귀를 기울이고 있다가 마치 잠자 씨가 자신들보다 먼저 현관방에 들어가 대장과의 합류를 방해라도 할까 봐 걱정된다는 듯이 곧바로 그의 뒤를 따라갔다. 현관방에서 세 사람 모두 옷장에서 모자를 꺼내고 지팡이 보관함에서 지팡이를 꺼내 들더니 말없이 꾸벅 인사를 하고는 집을 나갔다. 전혀 근거 없는 의심으로 밝혀지기는 했지만 혹시 몰라 잠자 씨는 두 여자와 함께 층계참으로 나가 난간에 기대어 선 채 세 남자가 느리지만 지속적으로 긴 계단을 내려가면서 각층 계단참의 모서리 부분에서 사라졌다가 잠시 후 다시 나타나는 것을 지켜보았다. 그들이 밑으로 내려갈수록 이들에 대한 잠자 가족의 관심도 줄어들었다. 한 정육점 사환이 머리 위에 들것을 이고 꼿꼿한 자세로 그들을 지나쳐 위로 올라오고 있을 때 잠자 씨는 여자들과 함께 난간을 떠났다. 그들 모두는 한시름 놓은 듯한 기분으로 집 안으로 들어왔다.

그들은 오늘 하루는 쉬면서 산책을 나가기로 결정했다. 일을 하지 않을 충분한 이유가 있었을 뿐만 아니라 심지어 무조건 그렇게 할 필요가 있었다. 그래서 그들은 식탁에 앉아 석 장의 결근계를 썼다. 잠자 씨는 관리부에, 잠자 부인은 의뢰인에게, 그레테는 상점 주인에게 썼다. 글을 쓰는 동안 파출부가 들어와 아침 일을 끝냈으니 돌아가겠다고 말했다. 글을 쓰던 세 사람은 처음에는 쳐다보지도 않고 고개만 끄덕였다. 하지만 파출부가 여전히 떠날 기색을 보이지 않자 그제야 언짢은 표정으로 쳐다보았다.

"무슨 일이죠?"

잠자 씨가 물었다. 파출부는 미소를 지으며 문 안쪽에 서 있었다. 그녀는 마치 단단히 벼르는 듯이 가족에게 희소식을 전할 게 있지만 물어보기 전에는 어림도 없다는 태도를 보였다. 그녀의 모자에 똑바로 꽂혀 있는 작은 타조 깃털이—이것은 그녀가 일하던 기간 내내 잠자 씨의 신경에 거슬렸다—이리저리 가볍게 흔들렸다.

"대체 뭘 원하는 거예요?"

파출부가 가장 존경하는 잠자 부인이 물었다. 파출부는 "저기요"라고 대답하고는 곧바로 말을 계속할 수 없을 정도로 환하게 웃었다.

"옆방의 물건을 치우는 일에 대해서는 걱정하지 마세요. 벌써 다 잘됐어요."

잠자 부인과 그레테는 계속 글을 쓰려는 듯이 편지지 위로 몸을 숙였다. 파출부가 모든 것을 자세히 설명하기 시작하려는 것을 눈치 챈 잠자 씨가 손사래를 치며 막았다. 이야기를 할 수 없게 된 그녀는 자신이 매우 바쁘다는 것을 기억해 내고는 모욕당한 기분을 드러내며 소리쳤다.

"모두 안녕히 계세요."

그녀는 홱 돌아서서는 문을 세차게 닫고 집을 나갔다.

"저녁에 해고시켜야겠어."

잠자 씨가 말했지만 아내와 딸로부터는 아무런 대답도 듣지 못했다. 그들이 겨우 얻은 휴식을 파출부가 다시 방해한 것 같았기 때문이다. 그들은 자리에서 일어나 창가로 가서 서로 부둥켜안은 채로 있었다. 잠자 씨는 안락의자에 앉아 그들을 향해 몸을 돌리고 잠시 묵묵히 관찰했다. 그 다음에 그가 소리쳤다.

"자, 이리 와 봐. 지난 일들은 이제 잊어버려. 나도 좀 생각해 줘야지."

여자들이 곧바로 그의 충고에 따라 그에게로 달려가 포옹하고는 신속하게 결근계 쓰는 일을 끝냈다.

그 다음 세 사람 모두 하나가 되어 집을 나섰다. 몇 달 만의 일이었다. 그들은 전차를 타고 야외로 나갔다. 그들만이 앉아 있는 객차 안은 따스한 햇살이 비추고 있었다. 그들은 의자에 편안히 기대어 앉아 장래의 전망에 대해 이야기했다. 그 전망은 좀 더 자세히 살펴보면 결코 나쁘지 않았다. 아직은 서로에게 캐물어 본 적은 없었지만 세 사람 모두의 직장들은 제법 괜찮았으며 특히 장래가 유망했기 때문이다. 그들의 상황을 당장에 최대한으로 개선

하는 일은 물론 이사를 통해 쉽게 이루어질 것이다. 그들은 그레고르가 골랐던 지금 집보다는 더 작고 저렴하면서도 더 좋은 위치에 있는 실용적인 집을 얻을 작정이었다. 이야기를 나누는 동안 잠자 씨 부부는 생기발랄함을 더해 가는 딸을 바라보면서 거의 동시에 딸이 최근에 뺨을 창백하게 만들었을 정도의 온갖 괴로움에도 불구하고 아름답고 터질 듯한 몸매를 지닌 처녀로 피어나고 있다는 점이 눈에 들어왔다. 차츰 조용해지는 가운데 거의 무의식적으로 시선을 주고받던 그들은 이제 딸을 위해 착실한 남자를 구해 줄 때가 되었다고 생각했다. 여행 목적지에서 딸이 맨 먼저 일어나 젊은 육체로 기지개를 펴는 모습이 그들에게는 마치 새로운 꿈과 훌륭한 의도를 증명해 주는 것처럼 보였다.

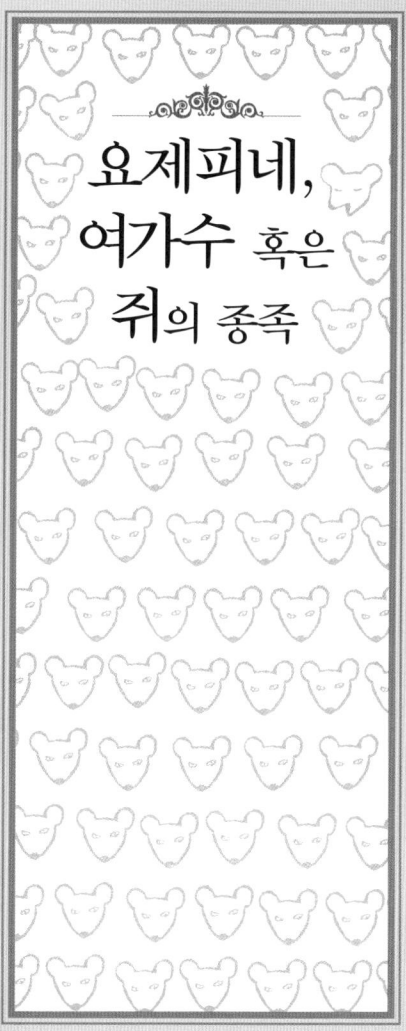

요제피네,
여가수 혹은
쥐의 종족

우리 여가수의 이름은 요제피네이다. 그녀의 노래를 들어 보지 않고서는 아무도 그 위력을 알지 못한다. 그녀의 노래는 그 누구라도 매료시키고 만다. 이것은 우리 종족이 전반적으로 음악을 사랑하지 않는 만큼 높이 평가 받을 만하다. 조용한 평화야말로 우리가 가장 좋아하는 음악이다. 우리의 삶은 힘겹다. 우리가 비록 일상의 모든 근심을 떨쳐 버리려 했던 적이 있기는 하지만 음악처럼 평소의 삶과 동떨어진 것에 더 이상 마음을 빼앗길 수는 없다. 하지만 우리는 그다지 슬퍼하지 않는다. 결코 그 단계까지 나아가지는 않는 것이다. 우리는 스스로에게 절박한 실용적인 영리함을 최고의 장점으로 여긴다. 이러한 영리함의 미소로 우리는 모든 것을 받아넘긴다. 설사 우리가 언젠가는—그럴 리가 없겠지만—음악에서 시작되는 행복을 요구한다 할지라도 말이다. 다만 요제피네는 예외이다. 그녀는 음악을 사랑하고 전달할 줄도 안다. 그녀는 유일하다. 그녀가 죽으면 음악이―얼마나 오래 지속될지 모르지만―우리의 삶에서 사라지게 될 것이다.

나는 이 음악이 대체 어떤 것인지에 대해 생각을 거듭했다. 우리는 완전히 비음악적이다. 하지만 우리가 요제피네의 노래를 이해한다거나―요제피네가 우리의 이해를 부정하는 탓에―적어도 이해한다고 믿는 것은 어찌 된 일일까. 가장 간단한 대답은 감각이 아무리 둔해도 억제할 수 없을 만큼 이 노래의 아름다움이 대단하다는 것이다. 그러나 이러한 대답은 만족스럽지 못하다. 만약에 실제로 그렇다면 처음부터 끝까지 이 노래가 특별하다는 느낌을 받아야 할 것이다. 우리가 이전에 들어 본 적이 없고 들을 능력도 없지만 다른 누구도 아닌 요제피네만이 우리에게 들려줄 수 있는 어떤 것이 그녀의 목구멍에서 울려 나온다는 느낌 말이다. 그러나 내 생각에는 바로 이것이 사실과 다르다. 나는 그것을 느끼지 못할 뿐만 아니라 주변에서도 그러한 종류의 낌새를 발견하지 못했다. 우리는 친한 사이끼리는 요제피네의 노래가 노래로서 전혀 특별하지 않다고 털어놓는다.

그것이 대체 노래이기는 할까? 비음악성에도 불구하고 우리는 노래의 전통을 지니고 있다. 고대에 우리 종족에게는 노래가 있었다. 설화들이 이에 관한 이야기를 전하고 있으며 심지어는 아무도 더 이상 부를 줄 모르는 노래들이 남아 있다. 그래서 우리는 노래가 무엇인지 예감할 수 있다. 요제피네의 예술은 사실 이러한 예감과 일치하지 않는다. 그것이 대체 노래이기는 할까? 혹시 찍찍거림에 불과하지나 않을까? 물론 우리 모두는 찍찍거림을 알고 있다. 그것은 우리 종족 고유의 기교를 나타낸다. 아니 오히려 재능이 아니라 삶의 특징적인 표현이다. 우리 모두가 찍찍거린다. 그러나 그 누구도 그것을 예술로 드러낼 생각을 하지 않는다. 우리는 대수롭게 여기지 않은 채, 즉 의식하지 않고 찍찍거린다. 심지어 우리들 중에는 찍찍거림이 종족의 특색에 속한다는 것을 전혀 모르는 자들도 많다. 만약에 요제피네가 노래하는 것이 아니라 찍찍거릴 뿐이며, 적어도 내가 받은 인상처럼 평이한 찍찍거림의 경계를 거의 넘어서지 못하는 것이 사실이라면,―평범한 토목 공사 인부조차 자신의 작업과는 별도로 힘들이지 않고서도 하루 종일 찍찍거릴 수 있는 법인데 그녀의 능력은 평이한 찍찍거림에도 미치지 못하다―이 모든 것이 사실이라면 요제피네의 이른바 예술성을 반박할 수는 있겠지만 그 다음에는 그녀의 커다란 영향력에 관한 수수께끼를 풀어야 할 것이다.

그녀가 만들어 내는 것은 단순한 찍찍거림이 아니다. 그녀로부터 멀리 떨어져 귀를 기울이거나 이러한 측면에서 요제피네가 다른 목소리들과 뒤섞여 노래하는 가운데 그녀의 목소리를 구별해 내는 시험을 해 보면 기껏해야 부드러움이나 연약함이 약간 두드러져 보이는 평범한 찍찍거림만을 듣게 된다는 것을 부인하기 어렵다. 그러나 그녀 앞에 서면 그것은 이미 단순한 찍찍거림이 아니다. 그녀의 예술을 이해하기 위해서는 노래를 듣는 것뿐만이 아니라 그녀를 보는 것도 필수적이다. 그녀의 노래가 우리의 일상적인 찍찍거림에 지나지 않는다 할지라도 여기에는 벌써 누군가가 평이한 것에 지나지 않는 일을 하기 위해 엄숙하게 서 있다는 특별함이 존재한다. 호두를 깨물어서 까는 것은 사실 예술이 아니다. 따라서 그 누구도 청중을 불러 모아 놓고 즐거움을 주기 위해 호두를 깔 엄두를 내지는 않을 것이다. 그럼에도 불구하고 누군가가 그 일을 행하고 자신의 의도가 성공한다면 문제의 핵심은 단순히 호두를 까는 것이 아닐 수도 있다. 문제의 핵심이 호두 까기라 하더라도 우리가 통달해 있기 때문에 이러한 예술을 보지 못하고 지나쳤다는 점과 이 새로운 호두 까기 예술가가 비로소 예술의 본질을 보여 준다는 점이 밝혀진다. 그가 호두를 깔 때 우리 대다수보다 덜 숙련된 모습을 보이면 오히려 효과가 있을 것이다.

어쩌면 요제피네의 노래도 이와 비슷한 것인지도 모른다. 즉 우리는 그녀에게는 감탄하지만 우리 자신에게는 감탄하지 않는다. 후자의 측면에서 그녀는 우리와 의견이 완전히 일치한다. 물론 자주 있는 일이긴 하지만 언젠가 나는 그녀가 누군가에게 종족의 일반적인 찍찍거림에 대해 주의를 환기시키는 자리에 함께 있었다.

매우 겸손하기는 했지만 요제피네의 태도는 이미 너무한 것이었다. 당시에 그녀가 지어 보인 것과 같은 뻔뻔하고 거만한 미소를 나는 여태껏 본 적이 없었다. 외견상 원래 완벽한 상냥함을 지닌 덕분에 그러한 여성스러운 모습을 쉽게 찾아볼 수 있는 우리 종족 내에서조차 눈에 띌 정도인 그녀가 당시에는 정말 천박하게 보였다. 게다가 대단히 민감한 그녀는 금방 그것을 눈치 채고 자제했다. 어쨌든 그녀는 자신의 예술과 찍찍거림 사이의 그 어떤 관계도 부정한다. 반대 의견을 지닌 부류에 대해서 그녀는 경멸과 은근한 증오를 내비칠 뿐이다. 괜히 하는 소리가 아니다. 왜냐하면 나도 절반은 같은 의견인 이 반대파가 다수에 못지않게 그녀에게 감탄해 마지않기 때문이다. 그러나 요제피네는 단순한 감탄이 아니라 정확히 자신이 정한 방식으로 감탄해 주기를 원한다. 감탄 자체는 그녀에게 조금도 중요하지 않다. 그리고 그녀 앞에 앉으면 그녀를 이해하게 된다. 반대파는 멀리 쫓겨날 뿐이다. 그녀 앞에 앉으면 그녀가 거기에서 찍찍거리는 것이 찍찍거림이 아님을 알게 된다.

 찍찍거림이 우리들의 무의식적인 습관에 속하기 때문에 요제피네의 청중도 찍찍거릴 것이라고 생각할지 모른다. 그녀의 예술을 접하면 우리는 기분이 좋아진다. 기분이 좋을 때 우리는 찍찍거린다. 그러나 그녀의 청중은 찍찍거리지 않고 쥐 죽은 듯이 조용하

다. 적어도 우리 자신의 찍찍거림이 방해가 되는 평화에 간절한 마음으로 동참할 때처럼 우리는 침묵한다. 우리를 매혹시키는 것은 그녀의 노래일까, 아니면 오히려 그 연약한 목소리를 둘러싼 엄숙한 정적일까? 한번은 어떤 멍청한 어린것이 요제피네가 노래하는 동안 무심코 찍찍거리기 시작한 적이 있었다. 그것은 우리가 요제피네를 통해 들었던 것과 똑같았다. 저기 앞쪽에서 숙련된 솜씨에도 불구하고 여전히 수줍어하는 찍찍거림과 여기 청중석에서 무아지경에 빠진 아이의 찍찍거림 사이의 차이를 알아내는 것은 불가능했을 것이다. 그러나 우리는 곧 쉬쉬 소리를 내어 야유하면서 그 훼방꾼을 눌러 앉혔다. 그럴 필요까지는 없었다. 그 여자 아이는 그렇지 않아도 불안과 수치심에 기가 죽었을 터였다. 반면에 요제피네는 의기양양한 찍찍거림을 조율하며 두 팔을 펼쳐 들고 목을 한껏 높이 치켜드는 데 정신이 없었다.

게다가 그녀는 항상 이런 식이다. 모든 사소한 일, 우연, 반항적인 태도, 널마루의 삐걱거림, 부드득부드득 이를 가는 소리, 조명 장애 등이 노래의 효과를 높이는 데 적당하다고 여긴다. 그녀의 의견에 따르면 자신은 귀머거리 앞에서 노래하는 것과 다를 바 없다. 감탄과 갈채를 받기도 하지만 그녀는 이미 진정한 이해만큼은 포기할 줄 알게 되었다고 말한다. 이때 온갖 방해들이 그녀에게는 매우 중요하다. 외견상 노래의 순수함에 상반되는 것으로서 가벼운 투쟁을 통해서나 혹은 투쟁하지 않고 맞서는 것만으로도 이겨내는 모든 것이 대중을 일깨우고 이해심은 아니더라도 가슴이 두근거리는 존경심을 가르치는 데 기여할 수 있다.

사소한 일이 이렇게 소용될진대 중대한 일은 말할 것도 없다. 우리들의 삶은 매우 불안하다. 경악, 불안, 희망, 공포가 일상화된 상태에서 개인은 밤낮으로 동료들에게 의지하지 못하면 이 모든 것을 감내하기가 불가능하다. 그러나 설령 그렇게 하더라도 자주 어려움을 겪는다. 원래 한 개인에게만 해당되는 근심에 수많은 동료들이 몸을 떠는 경우가 가끔 있다. 그러면 요제피네는 자신이 나설 때가 되었다고 생각한다. 벌써 그녀는 그 자리에 서 있다. 특히 가슴 아랫부분을 가냘프게 떠는 연약한 존재로서 그녀는 노래에 모든 힘을 결집시킨 것처럼 보인다. 노래에 직접적으로 이바지하지 않는 모든 것과 함께 모든 힘과 삶의 거의 모든 가능성마저 그녀에게서 빠져나간 것 같다. 그녀는 모든 것을 잃고 포기한 가운데 단지 좋은 정령들의 보호에 내맡겨진 듯하다. 그녀가 완전히 넋을 잃은 채 노래에 심취해 있는 동안에는 스쳐 지나가는 한 줄기 차가운 바람만으로도 그녀를 죽일 수 있을 것처럼 보인다. 그러나 바로 그러한 광경 앞에서도 이른바 반대파인 우리는 다음과 같이 말한다.

"그녀는 제대로 찍찍거리지도 못해. 끔찍할 정도로 애를 써야 하잖아. 노래가 아니라, 우리는 노래라고 말하지 않지만, 흔해 빠진 찍찍거림을 어느 정도 쥐어짜 내기 위해서 말이야."

우리에게는 그렇게 보인다. 하지만 이미 언급했듯이 이것은 어쩔 수 없기는 하지만 피상적이고 일시적인 인상에 불과하다. 어느새 우리도 따뜻하게 몸을 맞대고 숨을 죽이며 귀를 기울이는 군중의 감정 속에 빠져 든다.

거의 항상 움직이지만 대부분 목표가 분명하지 않은 탓에 이리저리 쏘다니기만 하는 우리 종족의 무리를 주변에 불러 모으기 위해서 요제피네는 대부분 자그마한 머리를 뒤로 젖힌 다음 입을 반쯤 벌리고 두 눈을 공중으로 향한 상태로 노래를 부를 의향이 있음을 암시하는 자세를 취하는 것이 고작이다. 그녀는 자신이 원하는 장소에서 이것을 행할 수 있다. 그곳이 멀리까지 보이는 광장일 필요는 없다. 은폐된 장소이지만 우연히 순간의 기분에 따라 선택된 모퉁이도 쓸모가 있다. 그녀가 노래하기를 원한다는 소식은 금방 퍼지고 곧 행렬이 이어진다. 하지만 가끔 장애가 발생한다. 요제피네는 분위기가 격앙된 시간에 노래하기를 선호하는 반면에 갖가지 근심과 곤경이 우리를 수많은 길로 내몬다. 따라서 아무리 바랄지라도 요제피네가 원하는 만큼 빨리 모일 수가 없다. 충분한 숫자의 청중이 없는 상태에서 그녀는 한동안 품위 있는 자세로 서 있다. 그 다음에는 물론 화가 나서 발을 동동 구르고 전혀 처녀답지 않게 저주를 퍼붓는다. 그녀는 심지어 물어뜯기도 한다. 그러나 그러한 태도조차도 그녀의 명성에 흠이 되지는 않는다. 그녀의 과도한 요구를 약간이라도 제지하는 대신 부응하려고 노력한다. 청중을 끌어 모으기 위해 전령들이 파견된다. 이러한 일이 행해지는 것이 그녀에게는 비밀에 부쳐진다. 그 다음에는 주변의 길목마다 세워 둔 보초가 접근해 오는 무리를 향해 서두르라고 눈짓하는 광경이 벌어진다. 이 모든 것은 마침내 어지간한 숫자의 무리가 모일 때까지 계속된다.

무엇이 종족으로 하여금 요제피네를 위해 그토록 애쓰게 만드는 것일까? 이 질문은 이와 연관되어 있기도 한 요제피네의 노래에 대한 질문만큼이나 쉽사리 답을 구할 수 없다. 종족이 요제피네의 노래에 무조건적으로 빠져 있다는 주장이 나올 바에야 첫 번째 질문을 취소하고 아예 두 번째 질문과 하나로 합칠 수 있을 것이다. 그 주장은 하지만 사실과 다르다.

무조건적인 탐닉은 우리 종족과 거리가 멀다. 무엇보다도 악의 없는 교활함, 즉 순진한 귀띔 내지는 천진난만하고 단지 입술을 움직이기 위한 험담을 좋아하는 이 종족은 어쨌든 무조건적으로 몰두하지는 않는다. 이것은 요제피네도 제대로 감지하고 있다. 그것이야말로 그녀가 허약한 목구멍으로 전력을 다해 싸워 얻으려고 하는 것이다.

물론 그러한 일반적인 판단에서 너무 앞질러 가서는 안 된다. 종족은 무조건적이지 않을 뿐이지, 요제피네에 빠져 있다. 종족은 예를 들어 요제피네를 비웃을 자격이 없는지도 모른다. 요제피네와 관련한 많은 일들이 웃음을 촉발시킨다고 말할 수 있다. 원래 웃음은 항상 우리 가까이에 있다. 우리의 삶이 지닌 온갖 비애에도 불구하고 가벼운 웃음은 어느 정도까지는 언제나 친숙하다. 그러나 우리는 요제피네를 비웃지 않는다. 가끔 나는 종족이 요제피네와의 관계를 다음과 같이 파악하고 있다는 인상을 받는다. 즉 연약하여 보살핌이 필요하고 어딘지 모르게 탁월한, 스스로의 의견에 따르면 노래에 탁월한 존재인 그녀는 종족에 의지하고 종족은 그녀를 돌봐 줘야 한다는 것이다. 그 근거는 누구에게도 분명하지 않다. 그 사실만이 요지부동인 것처럼 보인다. 어쨌든 누군가에게 의지하고 있다는 것이 비웃음을 사지는 않는다. 그것을 비웃는 것은 의무를 저버리는 행위일지도 모른다. 우리들 중에서 가장 심술궂은 부류가 가끔 "요제피네를 보면 우스워 죽겠어"라고 말할 때 그녀에게 가장 극단적인 형태의 심술이 된다.

그래서 종족은 자신을 향해―간청인지 요구인지 잘 모르겠지만―자그마한 손을 내미는 아이를 받아들이는 아버지와 같은 심정으로 요제피네를 보살핀다. 그러한 아버지의 의무를 다하는 데 우리 종족이 적합하지 않다는 의견이 있을 수도 있다. 그러나 실제로는 적어도 이 경우에 종족은 의무를 충실히 수행하고 있다. 이러한 측면에서 그 어떤 개인도 종족이 전체로서 할 수 있는 것을 이루어 낼 수 없을 것이다. 확실히 종족과 개인 사이의 능력 차이는 엄청나서 종족이 피보호자를 친밀함의 온기 속으로 끌어당기기만 해도 그는 충분히 보호를 받는 셈이다. 요제피네에게는 물론 그러한 것에 대해 이야기할 엄두를 내지 못한다. 그러면 그녀는 "내가 너희들을 보호하기 위해 찍찍거리는 거야"라고 말할 것이다. 반면에 우리는 '그래그래, 너는 찍찍거리지'라고 생각만 한다. 이 밖에도 그녀가 앙탈을 부리더라도 진정한 의미에서의 반박은 아니다. 오히려 그것은 전적으로 어리광이며 아이가 고마움을 표시하는 방식이다. 아버지의 방식은 그것에 개의치 않는 것이다.

그러나 종족과 요제피네 사이의 이러한 관계로는 설명하기가 더 어려운 또 다른 문제가 이야기되고 있다. 요제피네는 말하자면 우리와 정반대의 의견을 가지고 있다. 그녀는 자신이 종족을 보호해 준다고 믿고 있다. 정치적으로나 경제적으로 힘든 상황에서 그녀의 노래가 우리를 구원해 주며 그 이상의 것을 이루어 내기도 한다는 것이다. 노래가 불행을 몰아내지는 못하더라도 적어도 견뎌낼 힘은 준다. 그녀는 그런 식으로 말하지 않으며 다르게 말하지도 않는다. 그녀는 아예 말을 거의 하지 않는다. 그녀는 수다쟁이들 사이에서 침묵한다. 그러나 그녀의 빛나는 눈빛과 꽉 다문 입에서—우리들 중에서 소수만이 입을 다물고 있을 수가 있는데 그녀가 바로 그렇다—그것을 읽어 낼 수 있다. 나쁜 소식이 들릴 때마다—완전히 엉터리 소식과 절반만 맞는 소식이 서로 뒤엉키는 날들도 상당히 많다—그녀는 즉시 몸을 일으킨다. 다른 때 같으면 쓰러질 정도로 피곤하겠지만 그녀는 일어서서 목을 뻗어 마치 폭풍우가 닥치기 직전의 목동처럼 무리들을 멀리 내다본다. 분명히 아이들도 거칠고 절제되지 않은 방식으로 비슷한 요구들을 한다. 그러나 요제피네의 요구들은 아이들의 경우처럼 근거가 없는 것은 아니다. 물론 그녀는 우리를 구원하지 못하고 그 어떤 힘도 주지 않는다. 이 종족의 구원자로 자처하기는 쉽다. 이 종족은 고통에 익숙해 있고 스스로를 아끼지 않으며 결정을 내릴 때에는 빠르고 죽음을 잘 알고 있다. 또한 항시 만용의 분위기 속에서 살아가기에 겉보기에만 불안해 할 뿐, 대담하고 생산적이다. 다시 말하지만 역사 연구가들이—일반적으로 우리는 역사 연구를 완전히 등한시한다—경악을 금치 못할 정도로 많은 희생자를 낸다 할지라도 어떻게 해서든지 항상 스스로를 구원해 온 이 종족의 구원자로 뒤늦게 자처하기란 쉽다. 하지만 우리가 바로 어려운 상황에서 평소 때보다 더 잘 요제피네의 목소리에 귀를 기울이는 것도 사실이다. 주변의 위협이 우리를 더 조용하고 겸손하게 만들 뿐만 아니라 요제피네의 명령에 더 따르게 만든다. 우리는 기꺼이 한곳에 모여 몸을 밀착시킨다. 특히 이것은 괴로움을 안겨 주는 본질적인 문제와는 완전히 동떨어진 계기로 일어난 것이기 때문이다. 그것은 마치 우리가 투쟁하기 전에 평화의 잔을 함께 빨리—맞다. 서두를 필요가 있다. 이것을 요제피네는 너무 자주 잊어버린다—마시는 것과 같다. 이것은 노래 공연이라기보다는 오히려 일종의 종족 집회이다. 더욱이 앞쪽에서는 작은 소리의 찍찍거림도 들리지 않을 정도로 조용하기 그지없는 집회이다. 그 시간은 잡담으로 보내기에는 너무 심각하다.

그러한 상황이 물론 요제피네를 전혀 만족시킬 수 없을 것이다. 한 번도 분명하게 밝혀진 적이 없는 위상으로 인해 온갖 신경질적인 불만이 팽배해 있음에도 불구하고 그녀는 자의식에 가려 많은 것을 보지 못하고 있을 뿐만 아니라 쉽사리 훨씬 더 많은 것을 간과하는 상태에 빠져 들 수도 있다. 이러한 의미에서, 즉 원래부터 일반적으로 유용한 의미에서 일단의 아첨꾼들이 항상 활동하고 있다. 그러나 이것은 부차적이며 주의를 끌지도 못한다. 그녀는 비록 그 자체로 무시하지 못할 일임에도 불구하고 종족 집회의 한구석에서 노래하기 위해 자신의 노래를 희생시키지는 않을 것이다.

그러나 그녀는 그럴 필요도 없다. 왜냐하면 그녀의 예술은 주목을 받지 못하는 것이 아니기 때문이다. 우리가 기본적으로 다른 일들로 바쁘고 단지 노래를 위해 정숙을 유지하는 것은 아니며 많은 이들이 전혀 쳐다보지도 않고 옆 동료의 털가죽에 얼굴을 묻는 바람에 요제피네는 저 위에서 헛되이 애쓰는 것처럼 보임에도 불구하고 그녀의 찍찍거림에서 나온 어떤 것이—이것을 부정할 수는 없다—불가항력적으로 우리들을 파고든다. 다른 모두에게 침묵이 강요되는 순간에 시작되는 이 찍찍거림은 개인에게 마치 종족의 복음처럼 다가온다. 어려운 결정을 내려야 하는 와중에서 요제피네의 가냘픈 찍찍거림은 마치 적대적인 세계의 소용돌이 한복판에 서 있는 우리 종족의 가련한 존재와 같다. 요제피네는 스스로를 주장한다. 목소리에 담긴 아무것도 아닌 것, 성과의 측면에서 아무것도 아닌 것이 스스로를 주장하며 우리를 향해 길을 연다. 이에 대해 생각하는 것은 기분 좋은 일이다. 언젠가 우리들 중에서 누군가가 나설지도 모르지만 우리는 그러한 시간에 분명히 진정한 성악가를 참아 내지 못하고 그러한 공연의 무의미함을 한결같이 성토할 것이다. 우리가 그녀에게 귀 기울인다는 사실이 그녀의 노래를 반대하는 증거라는 인식을 그녀가 갖지 않으면 좋으련만. 그녀는 분명히 이것을 예감하고 있다. 그렇지 않다면 그녀는 어째서 우리가 그녀에게 귀 기울인다는 것을 한사코 부정하겠는가. 그러나 그녀는 수시로 노래하면서 이러한 예감을 찍찍거림으로 날려 보낸다.

그러나 그렇지 않은 경우에도 그녀에게 위안거리가 하나 있다.

즉 우리는 성악가를 대하는 것과 비슷하게 어느 정도는 실제로 그녀에게 귀 기울인다. 그녀는 성악가가 노력해 봐야 허사가 되고 말겠지만 바로 자신의 불충분한 수단에 기인한 효과를 달성한다. 이것은 무엇보다도 우리 삶의 방식과 연관되어 있다.

우리 종족에게는 청소년기는커녕 짧은 어린 시절마저도 거의 없다. 아이들에게 특별한 자유 내지는 특별한 보호를 보장해 주는 차원에서 약간의 태평스러움, 약간의 의미 없는 분주함, 약간의 놀이 등에 대한 권리를 인정해 주고 그것이 충족되도록 도와주자는 요구들이 정기적으로 제기되기는 한다. 그러한 요구들이 제기되면 거의 누구나 동의한다. 그 어떤 것도 이보다 더 많은 동의를 얻지 못한다. 그러나 우리들이 살아가는 현실에서 그 어떤 것도 이보다 덜 용인되는 것도 없을 것이다. 모두가 요구들에 동의하고 그러한 의미에서 여러 가지 시도를 한다. 그러나 곧 모든 것은 다시 예전으로 되돌아간다. 우리들의 삶은 아이가 조금이나마 달릴 줄 알고 주변 세계를 약간 구별할 수 있게 되기가 무섭게 어른처럼 스스로를 돌봐야 하는 처지인 것이다. 우리가 경제적인 측면을 고려하여 흩어져 살아야만 하는 지역은 너무 넓고 우리들의 적은 너무 많으며 도처에서 우리가 각오해야 하는 위험은 예측하기가 너무 어렵다. 우리는 생존 투쟁에서 아이들을 제외시킬 수 없다. 만약에 그렇게 한다면 그들은 너무 이른 종말을 맞이하게 될 것이다.

이러한 애처로운 이유들 말고도 물론 우리 종족의 다산성이라는 숭고한 이유도 있다. 한 세대가—각 세대는 그 수가 엄청 많다— 다른 세대를 밀어내 아이들은 아이로 남아 있을 시간이 없다. 다른 종족들은 아이들을 세심하게 보살피고 그들을 위해 학교를 세울 수도 있다. 종족의 미래인 아이들이 매일 이 학교에서 쏟아져 나오겠지만 오랜 시간에 걸쳐 날마다 똑같은 아이들이 그곳에 모습을 드러낸다. 우리에게는 학교가 없다. 하지만 우리 종족의 경우 아주 짧은 기간에 헤아릴 수 없이 많은 아이들의 무리가 생겨난다. 우리의 아이들은 찍찍거릴 수 있게 되기도 전에 기분 좋게 쉭쉭거리거나 삑삑거리는 소리를 내고, 달릴 수 있게 되기도 전에 몸을 뒹굴거나 그 압력의 힘으로 계속 굴러가며, 눈을 뜨기도 전에 서투르게 무리 속을 헤집으며 모든 것을 잡아챈다. 이들은 다른 종족들의 학교에서처럼 똑같은 아이들이 아니라 늘 새로운 아이들이다. 여기에는 끝도 중단도 없다. 아이는 태어나자마자 더 이상 아이가 아니다. 그 뒤로 벌써 숫자와 속도에 있어서 구별이 안 되는 새로운 아이들이 행복감으로 발그레해진 얼굴을 하고 밀려든다. 물론 이것이 멋진 일인지도 모르고 그 때문에 당연히 다른 종족들이 우리를 부러워할 수도 있다. 우리는 아이들에게 실질적인 어린 시절을 제공할 수 없다. 그 결과 여러 가지 효과가 나타난다. 소멸되거나 사그라지지 않는 천진난만함이 우리 종족의 내면에 스머든다. 우리들의 최고 미덕, 즉 흔들림이 없는 실용적인 총명함과는 전혀 어울리지 않게 우리는 가끔 아이들의 행동 방식 그대로 어리석게 행동한다. 아무런 의미도 없이 건들거리는가 하면 대범하고 경솔하게 행동한다. 이 모든 것은 흔히 사소한 재미를 위한 것이다. 이에 대한 우리들의 기쁨이 물론 더 이상 아이들의 기쁨과 같은 넘치는 활력을 지니고 있지는 않지만 그 안에는 분명히 그 활력의 일부가 살아 있다. 요제피네도 애초부터 이러한 천진난만함의 덕을 보고 있다.

그러나 우리 종족은 천진난만할 뿐만 아니라 어느 정도 이른 시기에 늙는다. 우리 종족의 유년과 노년은 다른 종족들과는 다르게 나타난다. 우리에게는 청소년기가 없다. 우리는 금방 어른이 된다. 그리고 너무 오랫동안 어른으로 남아 있다. 이로 인한 피로감과 절망감이 우리 종족의 전체적으로 강인하고 희망에 찬 본질 속으로 스며들어 넓은 흔적을 남긴다. 우리들의 비음악성 역시 이와 연관되어 있다. 우리들은 음악을 즐기기에는 너무 늙었다. 음악이 주는 자극과 활력은 우리들의 묵직함과는 어울리지 않는다. 우리는 피곤해져서 음악으로부터 눈을 돌리고 찍찍거림으로 되돌아갔다. 가끔씩 약간 찍찍거리는 것, 그것이 우리에게 걸맞다. 우리들 중에 음악적 재능을 지닌 자들이 있는지 누가 알겠는가. 만약에 그런 자들이 있다면 종족의 동시대인들은 자신의 성격상 그들이 재능을 펼치기도 전에 억압해야 마땅할 것이다. 이와 반대로 요제피네는 자기 좋을 대로 찍찍거리거나 노래한다. 그녀가 그것에 어떤 명칭을 갖다 붙이더라도 우리는 개의치 않는다. 이것이 우리에게 어울린다. 이 정도는 우리가 견뎌 낼 수 있다. 거기에 음악적인 것이 담겨 있다 하더라도 그것은 최대한 아무것도 아닌 것으로 축소되어 있다. 음악적 전통은 보존되겠지만 그것이 우리에게 조금도 짐이 되지는 않을 것이다.

그러나 요제피네는 이러한 성향의 종족에게 더 많은 것을 가져다준다. 특히 심각한 시기에 그녀의 콘서트가 열리면 청소년들만이 가수로서의 그녀에게 관심을 보인다. 그들만이 그녀가 입술을 비죽거리며 귀여운 앞니 사이로 숨을 토해 내면서 스스로 만들어 낸 음에 감탄하며 자지러지는 모습을 쳐다보고는 놀란다. 그녀는 스스로 무너져 내리는 상태를 이용하여 자신도 점점 더 이해하기 힘든 새로운 성과를 이루어 내려고 안간힘을 쓴다. 그러나 대다수 군중은—이것은 명확하게 인식할 수 있다—자기 자신으로 되돌아간다. 투쟁과 투쟁 사이에 얼마 안 되는 휴식을 갖는 이때에 종족은 꿈을 꾼다. 그것은 마치 각자의 팔다리가 풀리는 것과 같고 안절부절못하는 구성원이 종족의 커다랗고 따뜻한 침대에서 기분 내키는 대로 기지개를 켜도 좋은 것과 같다. 이 꿈속으로 가끔씩 요제피네의 찍찍거림이 울려 퍼진다. 그녀는 이것이 구슬이 굴러가는 소리 같다고 말하지만 우리는 찌르는 듯한 소리라고 말한다. 그러나 어쨌든 다른 어느 곳도 아닌 그 자리에서 음악은 자신을 기다리는 순간을 맞이한다. 가련할 정도로 짧은 어린 시절의 일부, 즉 이미 상실하여 다시는 찾을 길 없는 행복이 그 안에 담겨 있다. 그러나 또한 오늘을 살아가는 삶의 일부, 즉 별것이 아니고 파악하기도 힘들지만 분명히 존재하고 없애는 것이 불가능한 명랑함도 그 안에 담겨 있다. 그리고 이 모든 것은 진정 대단한 음으로 말해지는 것이 아니라 가볍게 속삭이는 듯하고 친밀하면서도 약간 목쉰 소리이다. 물론 그것은 찍찍거림이다. 어떻게 아닐 수 있겠는가? 찍찍거림은 우리 종족의 언어이다. 다만 많은 이들이 평생 찍찍거리지만 그것을 모른다. 그러나 여기에서 찍찍거림은 일상적 삶의 굴레에서 벗어나 있으며 우리를 잠시 해방시키기도 한다. 분명히 우리는 이러한 공연을 놓치고 싶어 하지 않는다.

그러나 이것은 그러한 시기에 새로운 힘을 준다는 등등의 요제피네의 주장과는 동떨어진 것이다. 물론 요제피네에게 아첨하는 무리들이 아닌 일반인에게 해당되는 말이다. 아첨꾼들은 주저하지 않고 대담하게 "그것이 어떻게 다를 수 있단 말인가"라고 말한다.

"특히 직접적으로 급박한 위험에 처한 상황에서 심지어 제때에 충분한 방어를 힘들게 할 정도로 몰려드는 군중을 어떻게 달리 설명할 수 있겠는가."

이 말은 유감스럽게도 맞기는 하지만 요제피네의 명성에 어울리지는 않는다. 특별히 덧붙여 말하자면 그러한 집회들이 예기치 못한 순간에 적에 의해 박살이 나고 우리들 중 많은 이들이 목숨을 내놓아야 했을 때에도 자신의 찍찍거림으로 적을 유혹한 것처럼 어쩌면 모든 것에 책임을 져야 할 요제피네는 언제나 가장 안전한 자리를 차지하고 있다가 추종자들의 보호를 받으며 제일 먼저 슬그머니 사라졌다. 그러나 이것에 대해서도 기본적으로는 모두가 알고 있다. 그럼에도 불구하고 요제피네가 다음에 자기 멋대로 언제 어디선가 노래를 부르기 위한 자세를 취하면 우리는 거기로 달려간다. 따라서 요제피네는 거의 치외 법권에 있으면서 전체를 위험에 빠뜨린다 할지라도 자신이 원하는 것을 할 수 있고 모든 것을 용서 받는다는 추론이 가능하다. 정말 그렇다면 요제피네의 요구들 또한 이해할 만하다. 다른 그 누구에게도 보장되지 않고 원래는 법에 저촉되는 특별한 선물로서 종족이 그녀에게 부여한 자유에 종족의 고백이 어느 정도 담겨 있다. 종족은 요제피네의 주장처럼 그녀를 이해하지 못하면서 넋을 잃고 그녀의 예술에 감탄할 뿐이며 그것을 누릴 자격도 없다고 느낀다. 또한 요제피네에게 안겨 준 고통을 말 그대로 절망적인 성취감을 통해 보상해 주려고 노력한다. 그녀의 예술이 종족의 이해 능력을 벗어나 있듯이 그녀의 인격과 소망들도 종족의 명령권에서 벗어나 있다. 물론 이것은 전혀 맞지 않다. 어쩌면 종족 개개인은 너무도 빨리 요제피네에게 항복하는지도 모른다. 그러나 종족은 요제피네의 경우도 마찬가지이지만 그 누구에게도 무조건 항복하지는 않는다.

벌써 오래전부터, 아마 그녀의 예술가 경력이 시작되면서부터 요제피네는 자신의 노래를 구실로 모든 노동을 면제 받기 위한 투쟁을 벌이고 있다. 하루하루의 양식과 그 밖에 우리들의 생존 투쟁과 결부된 모든 것에 대한 근심을 그녀에게서 덜어 주고 그 일은―모르긴 몰라도―종족 전체가 떠맡아야 한다는 것이다. 열광적인 지지자는―없지는 않았다―벌써 이러한 요구의 특이함, 다시 말해서 그러한 요구를 생각해 낼 수 있는 정신 상태를 근거로 그것의 내적인 정당성을 인정할 수 있을지도 모른다. 우리 종족은 그러나 다른 결론을 내리고 그 요구를 조용히 거부하고 있다. 또한 청원의 이유를 반박하는 데에도 그다지 신경 쓰고 있지 않다. 요제피네는 예를 들어 노동할 때의 긴장이 목소리에 해를 끼치고, 그것이 노래 부를 때의 긴장과 비교하면 사소하기는 하지만 노래를 부르고 난 뒤에 충분히 쉬면서 새로운 노래를 위해 원기를 회복할 기회를 빼앗아 간다는 점을 지적한다. 그렇게 되면 자신은 완전히 지칠 수밖에 없고 그러한 상황에서는 최고의 능력을 발휘할 수 없다는 것이다. 종족은 그녀의 말에 귀 기울이지만 귀담아듣지는 않는다. 그렇게 쉽게 감동하는 이 종족이 때로는 전혀 감동하지 않는 것이다. 종족의 거부는 때때로 너무 완강하여 요제피네 자신도 놀랄 정도다. 그녀는 현실에 순응하는 것처럼 보인다. 자신에게 주어진 노동을 하고 열심히 노래한다. 그러나 이 모든 것도 잠시뿐이다. 그녀는 새로운 힘을 얻어—이것만큼은 무한정으로 많은 것처럼 보인다—투쟁을 다시 시작한다.

요제피네가 원래 자신이 원하는 바를 말 그대로 얻으려고 하지 않는다는 것은 분명하다. 그녀는 현명하다. 우리가 노동에 대한 혐오를 아예 모르듯이 그녀도 노동을 혐오하지 않는다. 그녀는 자신의 요구가 받아들여진 후에도 이전과 다르게 살지 않을 것이다. 노동이 그녀의 노래에 방해가 되지도 않을 것이다. 물론 노래는 더 아름답지는 않을 것이다. 그녀가 얻으려고 하는 것은 자신의 예술에 대한 공개적이고 명확한 인정, 다시 말해서 시대를 초월하여 지금까지 알려진 모든 것을 훨씬 능가하는 인정일 뿐이다. 그러나 그녀에게 다른 것은 거의 모두 달성 가능한 것처럼 보이는 반면에 이것은 난공불락이다. 혹시 그녀는 애초에 공격을 다른 방향으로 돌렸어야 했을지도 모른다. 지금에서야 그녀는 실수를 깨닫고 있다. 하지만 이제 더 이상 물러설 수도 없다. 후퇴는 스스로를 배반하는 것을 의미한다. 그녀는 이제 요구를 관철시키거나 아니면 쓰러져야 한다.

그녀 말대로 실제로 자신의 적이 있다면 그들은 손가락 하나 까 딱하지 않고 이러한 투쟁을 즐기면서 바라볼 수 있을 것이다. 그 러나 그녀에게는 적이 없다. 때때로 몇몇이 그녀에 대한 반대 의 견을 가지고 있다 할지라도 이 투쟁은 아무도 즐겁게 하지 않는다. 평소에 우리에게는 매우 드문 일이듯이 종족이 이때 차가운 재판 관의 모습을 보여 주기 때문은 아니다. 누군가가 요제피네의 경우 에 이러한 태도에 동의한다 할지라도 언젠가는 종족이 그에 대해 서도 비슷한 태도를 취할 수 있다는 상상만으로도 모든 기쁨은 사 라진다. 요구와 비슷하게 거부의 경우에도 문제가 되는 것은 사안 그 자체가 아니라 종족이 한 동포에게 등을 돌리게 되면 그 뜻을 헤아리기 어렵다는 점이다. 종족이 평소에는 이 동포를 아버지처 럼, 아니 아버지 이상의 겸허한 자세로 자상하게 돌본 만큼 더욱 그 뜻을 헤아리기 어렵다.

종족 대신 한 개인을 가정해 보자. 우리는 이 개인이 요제피네 에 대한 양보에 종지부를 찍고 싶다는 열망을 지속적으로 가지고 있으면서도 그동안 양보만 해 왔다고 생각할 수 있다. 그는 양보 에도 한계가 있다는 굳은 믿음 속에서 많은 것을 초인적으로 양보 했다. 일을 촉진시키기 위해 필요 이상으로 양보한 것이다. 요제 피네의 비위를 맞춰 항상 새로운 소망을 갖게 한 끝에 이 마지막 요구를 제기하도록 만들기 위해서였다. 이때 그는 오랫동안 준비해 왔기 때문에 간단히 최종적인 거부 의사를 밝히려 했을 것이다. 하지만 종족은 분명히 그렇게 행동하지는 않는다. 종족에게는 그러한 책략이 필요하지 않다. 이 밖에도 요제피네에 대한 종족의 존경심은 숨김이 없고 검증된 것이다. 물론 요제피네의 요구는 순진한 아이라도 그녀에게 그 결과를 예고해 줄 수 있을 만큼 강력하다. 그럼에도 불구하고 이 일에 대한 요제피네의 생각 속에서는 그러한 추측도 함께 작용하면서 거부당한 자의 고통에 쓰라림을 더해 준다고 볼 수도 있다.

그러나 그녀가 그러한 추측을 모르지는 않더라도 이로 인해 놀란 나머지 투쟁을 그만두지는 않는다. 최근에 그녀는 심지어 투쟁을 강화시키고 있다. 지금까지는 투쟁을 말로만 해 온 반면에 지금은 다른 수단을 이용하기 시작했다. 이 수단은 그녀의 의견으로는 더 효과적이지만 우리 생각에는 그녀 자신에게 더 위험한 것이다.

일부에서는 그녀가 늙어 가는 것을 느끼면서 목소리가 약해져 지금이야말로 자신을 인정받기 위해 최후의 투쟁을 벌여야 할 때라고 여기기 때문에 그렇게 서두른다고 믿고 있다. 하지만 나는 그렇게 생각하지 않는다. 그것이 사실이라면 요제피네답지 않은 것이다. 그녀는 나이에 개의치 않으며 따라서 목소리가 약해지는 일도 없다. 그녀가 무엇을 요구한다면 외적인 것이 아니라 내적인 일관성에 의한 결과이다. 그녀가 최고의 월계관을 붙잡으려는 것은 그것이 약간 깊숙이 걸려 있기 때문이 아니라 최고의 위치에 놓여 있기 때문이다. 만약 힘이 미치기만 한다면 그녀는 그것을 더 높은 곳에 걸어 놓을 것이다.

물론 이러한 외적인 어려움과는 상관없이 그녀는 가장 고상하지 않은 수단을 이용하는 것도 마다하지 않는다. 그녀는 자신의 정당성을 의심하지 않는다. 그녀가 그것을 성취하는 데 있어서 무엇이 문제 되겠는가. 그녀에게는 그렇게 보이듯이 특히 고상한 수단이 거부당할 수밖에 없는 세계에서는 어쩔 수 없는 일이다. 혹시 그녀는 심지어 그 때문에 자신의 권리를 위한 투쟁을 노래의 영역에서 스스로에게는 별다른 가치가 없는 다른 영역으로 옮긴 것인지도 모른다. 그녀의 추종자들은 좀처럼 모습을 드러내지 않는 반대파에 이르기까지 종족의 모든 계층에게 진정한 즐거움이 될 정도로 노래할 능력이 있다는 그녀의 말을 주위에 퍼뜨렸다. 이것은 종족이 애초부터 요제피네의 노래에서 느낀다고 주장하는 즐거움이 아니라 요제피네의 요구에 의한 즐거움이라는 것이다. 그러나 그녀가 덧붙여 말한 바에 따르면 그녀는 고매한 것을 위조해 낼 수도 없고 비천한 것에 아부할 수도 없기 때문에 현 상태에 머무를 수밖에 없다고 한다. 하지만 노동을 면제받기 위한 투쟁은 이와 다른 경우이다. 이것은 자신의 노래를 위한 투쟁이기도 하지만 그녀는 노래라는 소중한 무기를 이용하여 직접적으로 투쟁하지는 않는다. 그만큼 그녀가 이용할 수단은 얼마든지 있다.

　그래서 예를 들어 요제피네는 종족이 자신에게 승복하지 않으면 장식음을 축소할 계획이라는 소문이 퍼졌다. 나는 장식음에 대해서는 아무것도 모르며 그녀의 노래에서 장식음을 들어 본 적도 없다. 요제피네는 그러나 장식음을 축소하겠다는 의지를 갖고 있다. 당장에는 완전히 없애지 않고 축소할 뿐이라는 것이다. 그녀는 자신의 협박을 실행에 옮겼다고 했지만 나에게는 이전의 공연에 비해 그 어떤 차이도 눈에 띄지 않았다. 전체로서의 종족은 장식음에 대한 의견을 나타내지 않고 항상 그랬듯이 귀를 기울였다. 요제피네의 요구에 대한 처리 방식도 변하지 않았다. 이 밖에도 요제피네는 겉모습에서처럼 사고 속에서도 가끔씩 우아한 면모를 지니고 있다는 것을 부인할 수 없다. 가령 그녀는 장식음과 관련한 자신의 결심이 종족에게는 너무 가혹하거나 혹은 돌발적으로 이루어졌다고 주장한 공연이 끝난 후 다음번에는 다시 장식음을 완전히 살려 노래하겠다고 설명했다. 그러나 다음번 공연 후에 그녀는 다시 생각을 바꾸었다. 대단한 장식음을 내는 일은 이제 궁극적으로 끝났으며 요제피네에게 유리한 결정이 내려지기 전에는 다시는 듣지 못하리라는 것이었다. 종족은 이 모든 설명과 결심, 그리고 결심의 번복을 흘려들었다. 이것은 마치 어른이 생각에 잠겨 아이의 재잘거림을 흘려듣는 것과 같다. 기본적으로 호의를 가지고 있지만 마음에 와 닿지는 않는 것이다.

요제피네는 그러나 굴복하지 않았다. 예를 들어 최근에 그녀는 노동을 하다가 발을 다치는 바람에 노래하는 동안 서 있기가 힘들다고 주장했다. 서서 노래를 불러야 하기 때문에 심지어는 노래를 단축시킬 수밖에 없다고도 했다. 그녀는 절뚝거리며 추종자들의 부축을 받아야 함에도 불구하고 그 누구도 그녀가 정말로 다쳤다고는 믿지 않는다. 그녀의 작은 육체가 특별히 민감하다고 인정하더라도 우리는 노동의 종족이고 요제피네도 그 일원이다. 우리가 피부의 찰과상 때문에 절뚝거린다면 종족 전체가 절뚝거림을 멈추지 못할 것이다. 그러나 그녀는 기꺼이 불구자처럼 행동하면서 이 유감스러운 상태의 모습을 평소보다 더 자주 보여 주었다. 종족은 예전처럼 그녀의 노래를 고마운 마음으로 감격해서 듣지만 노래의 단축 때문에 심한 동요가 일어나지는 않았다.

그녀는 언제까지나 절뚝거릴 수는 없기 때문에 다른 것을 고안해 냈다. 이때 피로, 불쾌감, 신체적 허약함을 구실로 삼는다. 우리는 콘서트 이외에 연극도 감상한다. 요제피네 뒤에서 추종자들이 노래를 불러 달라고 애걸복걸하는 모습을 보게 된 것이다. 그녀는 기꺼이 그러고 싶지만 어쩔 수가 없다. 주위에서 그녀를 위로하고 치켜세우다가 노래할 곳으로 사전에 물색해 둔 장소로 데려간다. 마침내 그녀는 눈물을 찔끔 흘리며 승낙한다. 그러나 마지막 힘을 다해 노래를 시작하려는 것처럼 하다가 기운이 없어서 평소처럼 두 팔을 펴지 못하고 힘없이 밑으로 늘어뜨리는 바람에 팔 길이가 너무 짧다는 인상을 준다. 그녀는 노래를 시작하려고 시도하지만 마음대로 되지 않는다. 그녀의 몸에 가해진 어떤 충격이 이것을 예고하더니 그녀는 우리 눈앞에서 쓰러지고 만다. 그 다음에 물론 그녀는 다시 몸을 추스르고 일어나 노래를 부른다. 나는 이것이 평소와 크게 다르지 않다고 믿는다. 혹시 세밀한 뉘앙스를 들을 수 있는 귀를 가졌다면 약간 특이하게 떨리는 소리를 구별해 낼 수 있을지도 모른다. 하지만 이것은 너무 잘 봐준 것일 뿐이다. 끝에 가서 그녀는 심지어 이전보다 덜 피곤해 보인다. 사뿐한 총총걸음을 나타내는 또 다른 말인 흔들림 없는 발걸음으로 그녀는 추종자들의 온갖 도움을 마다하고 자신에 대한 경외감에서 뒤로 물러서는 군중을 차가운 시선으로 훑어보면서 자리를 뜬다.

이것은 최근의 일이었다. 새로운 사실은 그녀가 노래를 부르기로 되어 있는 시간에 사라져 버렸다는 것이다. 추종자들이 그녀를 찾아 나섰을 뿐만 아니라 많은 이들이 그녀를 찾는 일에 매달렸지만 모두 허사였다. 요제피네가 사라졌다. 그녀는 더 이상 노래를 원치 않는다. 다시는 그런 부탁을 받고 싶어 하지도 않는다. 그녀는 이번에 우리 곁을 완전히 떠났다.

그토록 영리한 그녀가 잘못 계산하다니 이상한 일이다. 심지어

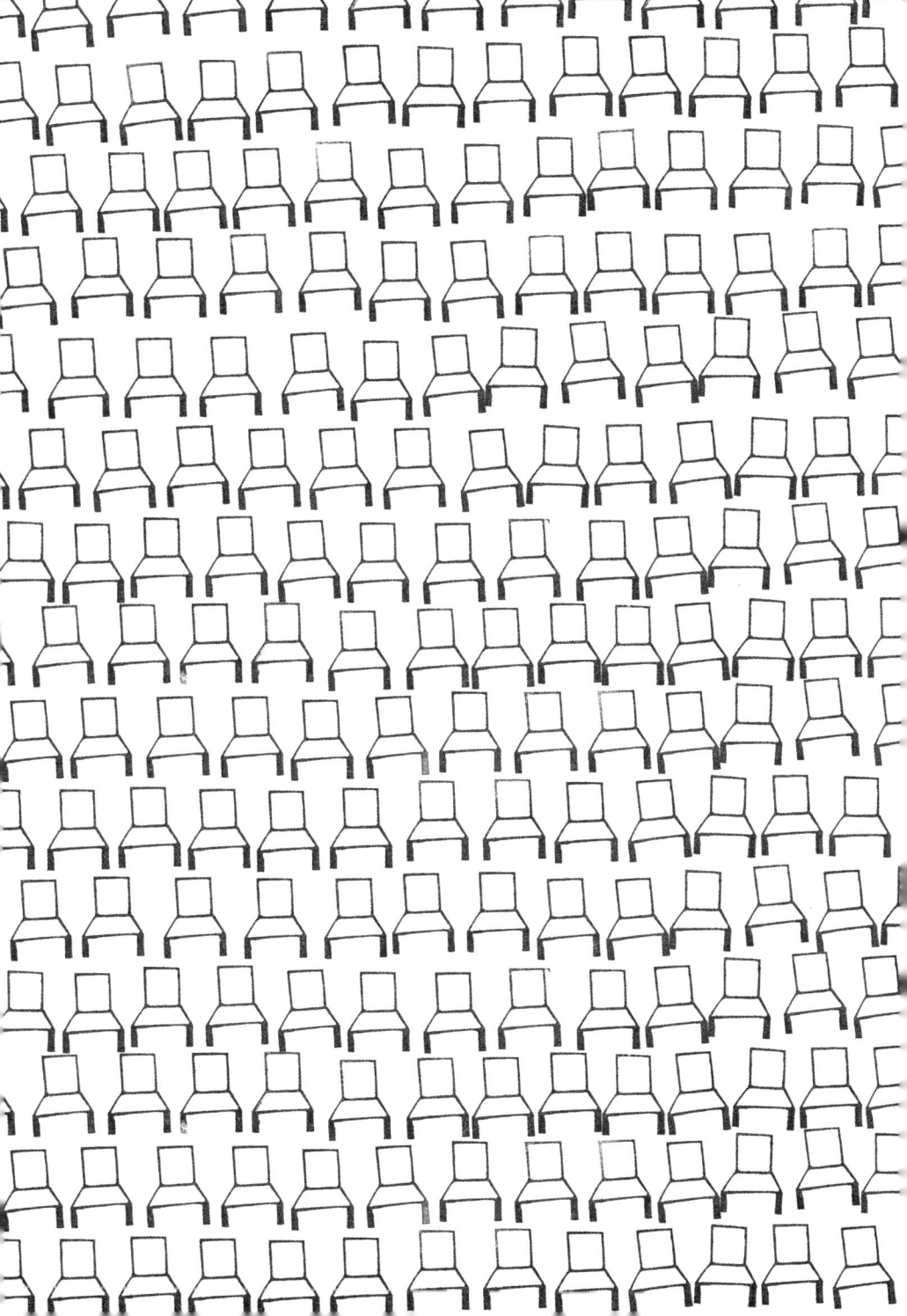

는 그녀가 계산을 한 것이 아니라 우리 세계에서는 매우 슬플 수밖에 없는 운명에 계속 떠밀려 다닌다고 믿을 정도이다. 그녀는 노래에서 벗어나는 순간 감수성을 무기로 획득한 권력을 파괴하고 만다. 이러한 감수성을 거의 알지 못하는 그녀가 어떻게 권력을 획득할 수 있었을까. 그녀는 몸을 숨기고 노래하지 않는다. 그러나 종족은 눈에 띌 만한 실망감을 드러내지 않는다. 내면으로 침잠하는 이 집단은 겉으로는 반대로 보인다 할지라도 공식적으로는 선물을 줄 뿐이며 요제피네의 경우처럼 한 번도 선물을 받지 않으면서 조용하고 당당하게 자신의 길로 계속 나아간다.

그러나 요제피네는 내리막길을 갈 수밖에 없다. 곧 그녀의 마지막 찍찍거림이 울리고 난 후 침묵하게 되는 시간이 올 것이다. 그녀는 우리 종족의 영원한 역사 속에서 하나의 작은 에피소드이다. 종족은 그 손실을 극복하게 될 것이다. 우리에게 그것이 쉽지는 않다. 완전한 무음 상태에서 어떻게 집회가 가능하겠는가? 물론 요제피네가 있을 때에도 집회는 무음 상태가 아니었던가? 그녀의 진짜 찍찍거림이 이에 대한 기억보다 더 크게 들리고 생동감 있었을까? 그것은 그녀의 생존 시에도 단순한 기억 이상이었을까? 오히려 종족은 현명하게도 요제피네의 노래가 없어지지 않는 것이기 때문에 그렇게 높게 평가한 것이 아니었을까?

아마도 우리는 별로 아쉬워하지는 않을 것이다. 그러나 요제피네는 자신의 말마따나 선택받은 자들에게 마련된 지상의 괴로움에서 벗어나 기쁜 마음으로 우리 종족의 수많은 영웅들 속으로 사라질 것이다. 그리고 그녀는 우리가 역사를 추구하지 않기에 곧 보다 높은 차원의 구원을 받으며 자신의 모든 형제들처럼 잊혀지게 될 것이다.

Die Verwandlung

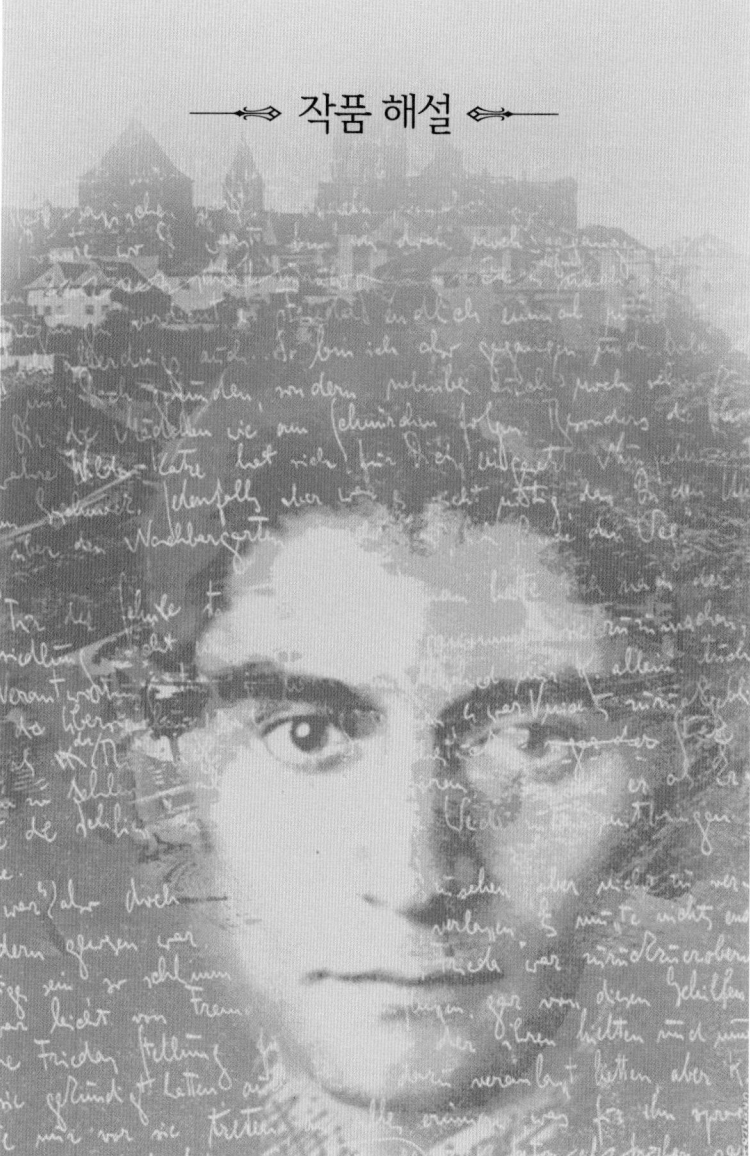

작품 해설

삶에 대한 심판, 그리고 두 개의 꿈

권세훈

1. 카프카의 삶과 문학

프란츠 카프카(1883-1924)는 20세기의 불안하고 불투명한 세계를 예리하게 꿰뚫어 본 작가이다. 그러한 세계는 때로는 끝을 알 수 없는 수직 구조로 이루어진 관료 제도로, 때로는 자유와 행복에 대한 약속을 잊어버렸거나 아니면 완전히 무시하는 듯이 보이는 자본주의적 시스템으로 나타난다. 카프카의 작품에 종종 등장하는 아버지의 절대적인 권위마저도 봉건적인 가부장제의 유산이라기보다는 현대 사회의 납득하기 어려운 억압 구조의 한 축을 대변하고 있는 듯이 보인다.

카프카의 작품 배경에는 그 누구보다도 작가 자신의 개인적인 체험이 크게 작용하고 있다. 아버지의 강압적이고 출세 지향적인 교육은 아들에게 자기 불신과 죄의식을 심어 주었으며, 프라하에서의 유대계 독일인이라는 독특한 상황은 주변 세계와의 동질성을 상실한 영원한 이방인으로 남아 있게 하였다. 끊임없이 아버지와 프라하로부터의 탈출을 꿈꾸었으면서도 41세의 나이로 세상을 떠나기까지 결코 그 꿈을 이루지 못했던 카프카에게 문학은 바로 자유와 독립의 가능성에 대한 시험 무대가 된다. 카프카의 개

168

인적 삶은 곧 시대적 상황을 읽을 수 있는 코드가 된다. 카프카는 자신의 개인적 삶을 시대적 삶과 연결시켜 문학적으로 형상화함으로써 현대 산업 사회의 현실과 모순을 가장 극명하게 그려 낸 작가로 평가받고 있다.

카프카는 전업 작가가 아니라 법학 박사로서 시민적인 직업을 동시에 가졌던 인물이다. 그는 1909년 10월 노동자재해보험공사에 취직한 후 건강상의 이유로 1922년 7월 사직할 때까지 매일 오전 8시에서 오후 2시까지 사무실에서 근무했다. 직업 생활과 창작 작업을 동시에 수행해야 하는 이중생활 속에서 카프카는 문학에 전념할 수 없는 자신을 끊임없이 채찍질했다. 그러한 자기 극복의 의지가 없었더라면 20세기를 대표하는 그의 작품 또한 탄생하지 못했을 것이다.

카프카에게는 기본적으로 직업이 현실이었다면 문학은 이상이었다. 그의 고뇌는 직장 생활을 그만두지 못하는 상태에서 문학을 추구한다는 데 있다. 그러나 이러한 이중생활은 단순히 그의 우유부단함이나 자의든 타의든 간에 직업이 호구지책의 결정적인 수단이라는 사실만으로는 설명되지 않는다. 직업과 문학은 서로 상보적인 관계를 이루고 있는 듯이 보이기 때문이다. 다시 말해서 직업을 포기하는 순간 현실적 토대가 사라지고 아마도 문학 자체가 비현실적으로 되어 버릴 위험성을 안고 있다. 카프카는 자신의 문학을 위해 절대적인 고독을 의미하는 '수도원의 삶'을 요구했다. 수도원의 삶은 물론 종교적인 차원이 아니라 모든 인간적인 관계와의 단절을 의미한다. 더 나아가 죽은 사람처럼 정적을 필요로 하는 작가에게 창작은 곧 '깊은 잠'이며 '죽음'이다. 직업이 상징하는 외면적인 삶이 카프카를 견딜 수 없게 만드는 것과 마찬가지로 문학을 통한 내면적인 삶 또한 극단적으로 자기 파괴적인 성격을 지니고 있다. 오히려 일상적인 현실 세계에서 완전히 발을 빼지 않는 한 이상적인 창작 단계에 도달하지 못하더라도 최종적으로 스스로를 소진시키는 순간도 유보된다.

카프카에게 문학은 정상적이고 순탄하다는 의미의 반듯한 삶이 불가능하다는 전제 아래 온 신경을 집중해야 겨우 시야에 들어오는 작은 틈새들을 이리저리 헤쳐 나가야 하는 고단한 행군과 같다. 이러한 상황은 단순히 목적을 이루는 데 수반되는 난관을 의미하는 것이 아니라 목적지 자체가 불투명한 상태에 있다는 것을 나타낸다. 가령 도중에 실종될지도 모르는 위기의식 속에서 카프카는 스스로에게 더욱 엄격한 자기 관리와 절제를 요구한다. 글쓰기와 무관한 직업과 연관된 절망은 카프카의 단편 「포세이돈」의 주인공처럼 바다의 신이면서도 바다와는 유리된 채 사무실에 앉아 끊임없이 계산을 하는 상황을 연상시킨다. 그러한 피상적이고 비본질적인 삶으로부터의 탈출인 동시에 본래의 자아를 찾기 위한 시도가 바로 창작이다. 그러나 창작은 스스로의 요구를 충족시키지 못하는 결과로 말미암아 또 다른 절망을 낳는다. 두 개의 대립적인 삶에 공통적으로 나타나는 부정적인 세계 인식은 카프카의 영혼을 지배하는 영원한 화두이다.

카프카는 직업뿐만 아니라 가족 내에서도 진정한 삶의 의미를 발견하지 못한다. "가장 훌륭하고 사랑스러운 사람들인 가족 내에서 그 어떤 이방인보다도 낯설게 살아간다"는 고백이 암시하듯이 카프카는 공동체의 최소 단위라고 할 수 있는 가족에 높은 가치를 부여하는 동시에 그러한 공동체에 동화되지 못하고 침묵 속으로 빠져 드는 자신을 비난한다. 타인과의 의사 소통이 불가능한 현실에 대한 카프카의 대응 방식은 가식과 미숙함이다. 남들에게는 자연스러운 일이 카프카 자신에게는 언제나 어색하고 습득하 기 어려운 일로 나타난다. 이때 그는 현실을 타파하려는 파격적인 행동 대 신 타자(특히 아버지)의 요구 내지는 직업적 현실에 순응함으로써 비록 흉 내에 지나지 않는다 할지라도 자신이 속한 사회에서 이탈하지 않으려고 한 다. 그 대가로 독자적인 삶은 불가능할 뿐만 아니라 행복 또한 그의 몫이 아니다.

카프카에게 행복은 결혼을 통해서도 불가능한 것처럼 보인다. 펠리체 바 우어와 두 번이나 약혼했음에도 끝내 파혼으로 이어진 것이 이것을 대변해 준다. 결혼은 아버지로부터의 독립을 의미하는 동시에 문학의 절대적인 조 건인 고독을 잃는다는 모순을 낳는다. 다시 말해서 펠리체와의 결합은 문 학을 포기하게 만들 뿐만 아니라 문학을 떠난 자신을 생각할 수 없는 카프 카에게 곧 자아 상실을 의미한다. 결혼과 문학 사이의 이율배반적인 관계 가 이 작가로 하여금 연인과의 결혼을 한사코 거부하게 만드는 결정적인 요인이다. 카프카에게는 문학뿐만 아니라 사랑조차도 절대적이다. 영혼을 전부 바치지 않는 사랑은 의미가 없고 그러한 사랑을 원할 경우 문학은 불 가능하다. 그의 이러한 결론은 카프카가 동류의식을 느끼는 다른 작가들이 대부분 독신자의 삶을 고수했다는 사실만으로도 설득력을 가진다. 비록 작 가들의 개인적인 삶이 각 시대의 환경에 따라 다르다 할지라도 독신자의 예술이라는 원칙에는 변함이 없어 보인다. 작가의 고독은 시대의 아웃사이

더로서 문학을 통해 현실의 고통을 고스란히 받아 내는 숙명을 안고 태어났음을 암시한다. 실제로 카프카는 펠리체와의 두 번째 약혼이 깨지게 만든 폐결핵의 발병을 우연한 사건으로 여기지 않는다. 여기에서 결핵은 단순히 의학적인 치료를 필요로 하는 육체적인 질병이 아니라 원래부터 삶과는 대극적인 존재이며 삶 자체에 그 원인이 있다. 그것은 한편으로 글을 쓰고자 하는 욕망 속에 숨어 있는 악마가 작용한 결과이며, 다른 한편으로 문학을 위해 삶을 포기한 것에 대한 징표이다.

카프카는 문학을 통해 주변 세계와의 관계 속에서 자신의 삶을 객관적으로 조망하고 규명함으로써 스스로를 이해하려고 시도한다. 그는 「선고」에서는 결혼을, 「변신」에서는 직업을 부각시켜 아버지로부터의 독립 가능성을 구체적인 상황 속에서 시험해 본다. 카프카에게 문학은 사전에 그 결과를 알 수 없는 삶의 실험이다. 이와 동시에 주인공의 좌절은 이미 결정되어 있다. 문학은 바로 카프카 자신의 현 존재를 투영한 것이기 때문이다. 그의 소설은 절대적 권위를 지닌 전체 세계에 대한 주인공 개인의 가망 없는 투쟁을 중심으로 전개된다. 반면에 그의 마지막 작품 「요제피네, 여가수 혹은 쥐의 종족」은 의인화된 동물의 세계를 통해 공동체적 삶의 가능성을 모색한다.

2. 「선고」─삶의 불가능성

「선고」는 카프카가 1912년 9월 22일 밤에서 23일 아침까지 그야말로 단숨에 써 내려간 작품이다. 이 작품은 카프카 스스로 일기에서 "육체와 정신이 완전히 열린 상태"에서의 창작이라고 표현했을 정도로 높이 평가한 그의 대표작들 중의 하나이다.

이 작품은 결혼을 앞둔 아들과 아버지 사이의 갈등 관계에 초점을 맞추고 있다. 그러한 갈등 구조 속에서 아들의 친구가 중요한 역할을 하고 있다. 이 두 사람은 서로 다른 삶을 살아가고 있다. 그 친구가 고향을 등지고 낯선 러시아에서 독신자로 어렵게 살아가고 있는 반면에 주인공은 고향에서 사업상의 성공을 거두고 있을 뿐만 아니라 결혼을 통한 행복한 삶을 꿈꾸고 있다. 친구의 절망적인 삶과 주인공의 희망찬 삶이 대조적이다. 이 두 가지 삶을 확대 해석하면 비정상적인 고독한 (예술가적) 삶과 정상적인 직업인의 삶이라고 할 수 있다. 이 두 가지가 양립할 수 없다는 사실은 주인공이 친구에게 꾸준히 편지를 보내지만 자신의 약혼 사실을 가능한 한 숨기려고 했던 것에서도 간접적으로 드러난다. 여기에서 러시아의 친구는 주인공의 또 다른 자아이며 세속적인 성공을 위해 이 자아를 희생시키려고 한 것으로 이해할 수 있다.

그러나 이러한 상황은 주인공 게오르크 벤데만의 약혼녀 프리다 브란덴펠트가 러시아의 친구도 결혼식에 초대해야 한다고 주장하면서 반전하게 된다. "그런 친구를 두었다면 (……) 약혼도 하지 말았어야지요"라는 약혼녀의 말에 주인공은 마침내 지금까지의 태도를 바꾸어 친구에게 결혼 계획을 구체적으로 알리려고 한다. 이러한 방향 전환을 자신의 '진짜 모습'이라고 말하는 주인공에게서 고독한 또 다른 자아를 인정하는 동시에 받아들이려는 자세를 엿볼 수 있다.

주인공은 친구에게 결혼식과 관련한 편지를 쓴 다음 아버지에게로 간다. 아버지와의 관계는 그가 몇 달 만에 아버지의 방에 들어가는 데에서 이미 단적으로 드러난다. 어머니가 죽은 후 아버지는 아들과 함께하던 사업에서 주도권을 빼앗김과 동시에 집에서는 주로 어두운 자신의 방에서 혼자서 생활하고 있다. 반면에 아들은 사업적인 성공을 바탕으로 결혼과 함께 아버지의 집을 떠날 생각을 하고 있다. 오랜만에 아버지와 마주한 주인공은 그동안 아버지를 소홀히 대해 온 것을 후회하면서 아들로서의 의무를 다하겠다는 다짐을 한다. 주인공과의 진정한 의사소통이 단절된 채 외롭게 살아가는 아버지의 모습은 러시아의 친구와 닮은꼴이라고 할 수 있다. 더 나아가 주인공은 러시아의 친구에게 하듯이 아버지에게도 화해와 포용의 몸짓을 한다.

그러나 아버지는 밝은 곳으로 거처를 옮기라는 아들의 제안을 단호히 거부한다. 그는 아들의 결혼을 비난하는 동시에 러시아에 더 이상 친구가 없다고 단언한다. 또한 아버지는 자신에게 이불을 덮어 준 아들에게 전혀 그렇지 않다고 말한다. 이것은 결코 진실을 '덮을' 수 없다는 것으로 이해할 수 있다. 그 진실이란 두 개의 서로 다른 자아, 즉 비일상적인 고독한 자아와 일상적인 사회인으로서의 자아가 결코 공존할 수 없음을 의미한다. 이러한 관계가 밝혀진 순간에 아버지는 심판자로서 아들에게 물에 빠져 죽을 것을 선고하고 아들은 즉시 실행에 옮긴다.

카프카가 1913년 6월 2일에 펠리체 바우어에게 보낸 편지를 보면 이 작품이 시사하는 바를 어느 정도 짐작할 수 있다.

"그대는 「선고」에서 어떤 의미를 발견했습니까? 직접적 연관성을 지닌 추적 가능한 의미 말입니다. 저는 그러한 의미를 발견하지 못할 뿐만 아니라 설명할 필요도 느끼지 못합니다. 그러나 그 소설에는 눈에 띄는 것이 많습니다. 이름만 보더라도 그렇습니다. 그것은 제가 그대를 알게 되고 그대의 존재로 인하여 세상의 가치가 높아졌지만 그대에게 편지를 보내지는 않았던 시기에 쓰여졌습니다. '게오르크(Georg)'는 프란츠(Franz)와 철자수가 같습니다. '벤데만(Bendemann)'은 Bende와 Mann으로 이루어져 있으며 Bende는 Kafka와 철자 수뿐만 아니라 두 개의 모음 위치도 같습니다. 'Mann'(남자)은 가련한 'Bende'에 대한 연민에서 그의 투쟁을 강화시키는 역할을 합니다. '프리다(Frieda)'는 펠리체(Felice)와 철자 수뿐만 아니라 첫 철자도 같습니다. 그 이름에는 'Friede'(평화)와 'Glück'(행복)의 의미가 담겨 있습니다. 'Brandenfeld'는 'feld'(들판)로 인하여 'Bauer'(농부)와 연결될 뿐만 아니라 첫 철자도 같습니다. 그러한 몇 가지 사항은 물론 제가 나중에 발견한 것들입니다."

카프카가 「선고」를 창작한 시기는 펠리체를 알고 난 지 한 달 뒤이며 그녀에게 처음으로 편지를 보내기 이틀 전이다. 그날로부터 대략 8개월 뒤에 쓰여진 이 편지에서 카프카는 결혼의 시도와 좌절을 다룬 자신의 작품이 그녀와 직접적인 연관성이 없다는 점을 강조하고 있다. 그럼에도 불구하고 그는 작품의 주인공 게오르크 벤데만과 그의 결혼 상대인 프리다 브란덴펠트의 이름이 자신과 펠리체를 연상시키는 이유를 설명하고 있다. 작중 인물의 이름은 철자들의 구조로 볼 때 실제 인물과 유사할 뿐만 아니라 의미적으로는 '남자', '평화', '행복' 등에서 보듯이 카프카가 자신에게서는 발견하지 못하거나 스스로에게 요구하는 성격을 담고 있는 것과 함께 펠리체에 대한 긍정적인 가치를 부여하고 있다. 즉 '남자'는 결혼을 관철시키는 데 필요한 투쟁을 상징하는 반면에 '평화'와 '행복'은 그러한 투쟁이 지향하는 바를 가리킨다. 여기에서 주목할 만한 것은 카프카 스스로 밝히고 있듯이 이름이 지닌 이러한 상징성이 작품을 쓸 당시만 해도 의식되지 않았다는 점이다. 카프카는 펠리체와의 만남에서 이 소설의 착상을 얻은 듯이 보이지만 구체적인 내용의 전개에 있어서는 현실과의 연관성을 의도적으로 고려하지 않은 상태에서, 아니면 최소한 의식하지 않은 채 자신의 내적 상황을 문학적으로 형상화했다고 할 수 있다. 무의식적인 차원에서 이루어진 문학적 형상화는 카프카 자신이 한 사람의 독자로서 작품과 작가 개인 사이의 관계를 돌이켜 생각하게 만든다. 이와 같은 카프카의 독특한 작가적 상황 속에서 현실이 문학이 되고 문학은 다시 현실이 된다. 주인공의 결혼 실패가 2년 뒤 카프카의 실제 현실로 나타나듯이 문학은 카프카에게 자신의 삶을 미리 보여 주는 거울과 같은 역할을 한다. 이것은 또한 카프카의 현재적 삶이 늘 똑같은 고통의 연속이라는 점을 보여 준다. 이 고통은 일시적이거나 피상적인 것이 아니라 존재 자체에 뿌리박은 근원적인 것이다.

3. 「변신」—자유에 대한 좌절된 꿈

「변신」의 주인공 그레고르 잠자 역시 「선고」의 게오르크 벤데만과 마찬가지로 그 이름이 작가 자신의 이름과 밀접한 연관성을 지니고 있다. 잠자(Samsa)와 카프카(Kafka)는 철자 수뿐만 아니라 자음과 모음 구조도 동일하다. 이것은 이 작품이 작가의 개인사적인 측면을 담고 있음을 시사한다. 실제로 작품에 나타난 권위적인 아버지와 순종적인 어머니는 말할 것도 없고 여동생의 모습도 카프카가 가장 좋아한 막내 여동생 오틀라와 닮아 있다.

이 작품은 어느 날 갑자기 벌레로 변신한 주인공의 삶을 중심으로 몇 달 동안의 사건들을 다루고 있다. 변신이 이미 일어난 상태에서 작품이 시작되는 것은 결코 우연이 아닌 것처럼 보인다. 작가는 인간이 동물로 변신한다는 믿기 어려운 이야기를 이미 기정사실화함으로써 독자가 제기할지도 모르는 개연성의 문제를 해결하고 있다. 작가의 의도대로라면 독자는 변신이 어떻게 가능한가라는 문제에 관심을 갖기보다는 변신이 일어날 수밖에 없었던 배경에 관심을 집중하게 된다. 이것은 주인공의 회상을 통해 조금씩 드러난다.

주인공은 변신하기 전 가족의 생계를 책임지고 있었다. 그러나 옷감 외판사원으로서의 직업은 그에게 감내하기 힘든 고통을 안겨 준다.

'아, 이다지도 힘든 직업을 선택할 게 뭔가! 자나 깨나 여행이다. 이 일은 회사 내에서의 고유 업무보다 훨씬 더 신경을 자극한다. 이 밖에도 여행의 괴로움을 감수해야 한다. 기차 연결에 대한 걱정, 형편없는 식사, 항상 상대방이 바뀌어 지속적이지 않고 진정으로 맺어지지도 않는 인간관계 등이 바로 그렇다. 악마라도 있어서 이 모든 것을 가져가 버렸으면!'

주인공은 불안정한 생활과 함께 무엇보다도 상품 중개자로서의 실적을 쌓는 일에만 전념한 결과인 피상적인 인간관계에 괴로워하고 있다. 여기에는 이미 대량 생산 체제 하에서 성과와 업적만을 중시하는 자본주의적 삶의 방식에 대한 정확한 인식과 이에 대한 거부감이 표현되어 있다.

직업에서 오는 고통은 기본적으로 가족을 부양한다는 보람을 생각하면 상쇄하고도 남을 만한 일이다. 그러나 언제부터인가 주인공은 사회에서의 냉정한 인간관계를 가족과의 관계에서도 발견한다. "식구들은 고마운 마음으로 돈을 받고 그도 기꺼이 돈을 내놓았지만 특별한 온정은 더 이상 생겨나지 않았다." 아들은 가족에게서 단순한 '부양자'에 대한 대우 이상의 인간적인 감정과 교류를 기대하고 요구하지만 가족은 단지 그가 벌어 오는 돈을 습관적으로 받을 뿐이다. 주인공은 가족의 한 구성원인 아들로서가 아니라 가족의 유일한 수입원으로서 기계적이고 기능적인 역할을 수행할 뿐이다. 여기에서 가족은 물질적인 이익을 우선시하는 계약 관계에 기초한 사회와 구별되는 가장 기본적인 공동체로서의 의미를 상실한 것처럼 보인다.

주인공은 사회와 가족으로부터 더 이상 기대할 것이 없다는 인식에 이르게 된다. 이러한 상태에서 그는 무조건적인 희생을 결심하는 대신 탈출을 꿈꾼다. 기존의 모든 사회적 관계로부터 벗어나는 방법은 대충 세 가지로 생각해 볼 수 있다. 첫째, 아버지가 진 빚을 갚으려면 앞으로 적어도 5, 6년은 더 다녀야 할 회사를 당장에 그만두고 자신이 원하는 직업(그러한 직업이 있는지는 의문이지만)을 찾는 것이다. 그러나 이 방법은 가족 부양의 책임을 저버렸다는 도덕적 비난을 피하기 어렵다. 둘째, 모든 갈등과 구속에서 벗어나는 극단적인 방법으로 죽음을 생각할 수 있다. 그러나 이것은 현실을 포기한다는 점에서 궁극적인 해결책이 아니다. 셋째, 도덕적 비난을 받지 않으면서 현실도 포기할 필요가 없는 방법이 바로 더 이상 인간이 아닌 존재가 되는 것이다. 벌레로의 변신은 주인공의 이러한 무의식적인 소망이 반영된 것이라고 할 수 있다.

　주인공은 벌레로의 변신을 통해 가장 쓸모없는 존재가 된다. 이러한 변신의 의미는 여러 가지로 해석될 수 있다. 우선 인간이 인간 자체로서가 아니라 화폐 내지는 물질과의 교환 가치에 해당하는 역할밖에 하지 못한다는 차원에서 하찮은 존재에 불과하다면 벌레야말로 인간이 처한 상태를 명확하게 보여 주는 상징물이다. 또한 벌레로의 변신은 가족과 사회라는 이름으로 진행되는 가식적인 인간관계를 폭로하고 개인과 개인, 개인과 전체 사이를 결정짓는 비인간적인 요소들이 저절로 드러나게 만든다. 더 나아가 인간 사회 한가운데에서 벌레로의 변신은 의사소통의 불가능성을 나타낸다. 실제로 주인공은 다른 사람들의 말을 이해할 수 있지만 그의 말은 더 이상 인간의 목소리로 이해되지 않는다. 주인공의 언어 장애는 변신 이전의 그와 다른 사람들 사이의 관계를 반영한다. 그러나 이 작품에서 주인공은 변신을 통해 무엇보다도 사회가 요구하는 기능을 상실함으로써 사회와의 관계를 단절하고 비로소 모든 억압으로부터 해방된다. 그는 더 이상 회사에 나갈 필요도 없고 오히려 가족의 보살핌을 받는 위치에 놓이게 된다. 더 나아가 변신은 빠르게 돌아가고 불안정한 외부 세계와는 정반대의 한가하고 안정된 공간에서 스스로를 되돌아보고 자기 자신을 찾는 계기를 마련해 준다.

그러나 이러한 종류의 해방은 또 다른 구속으로 이어진다는 사실이 곧 밝혀진다. 주인공은 사각형의 방—감옥—에서 한 발자국도 밖으로 나올 수 없기 때문이다. 밖으로 나오려는 시도는 아버지의 강력한 제지를 받고 번번이 실패로 끝난다. 여기에서 아버지는 그동안 아들에게 빼앗긴 권위를 되찾은 가장의 모습뿐만 아니라 사회적 질서를 거부한 이단자를 심판하는 절대적 권력자의 모습을 보여 준다.

주인공은 자신의 공간에 갇힌 상태에서도 물론 나름대로 환경에 적응해 나가려고 시도한다. 그는 제1장에서 적어도 의식적으로는 인간 사회로 돌아가려는 노력을 포기하지 않는 것과는 달리 제2장에서는 벌레로서의 생활에 익숙해지려는 태도를 보인다. 하지만 여전히 가족을 생각하는 마음에는 변함이 없는 상태에서 벌레로서의 정체성은 극히 제한적일 수밖에 없다. 주인공은 비록 가족들이 자신의 걱정과는 달리 새로운 생계 수단을 갖게 되었다 할지라도 자신의 존재 자체가 일종의 방해물로 여겨지는 상황에서 스스로 운명을 결정짓는 또 한 번의 선택을 강요받는다. 이러한 선택의 계기는 제2장의 마지막 부분에서 아버지가 아들에게 사과를 던지는 장면에서 극적으로 나타난다. 방에서 나온 아들을 향해 아버지는 사과를 마구 던지고 그중의 하나가 주인공의 등에 박힌다. 사과는 바로 '인식의 열매'를 가리키는 기독교적 메타포이다. 사과가 몸에 박힌 채 썩어 가는 상태는 인식이 생각의 차원을 넘어 몸으로 받아들여야 하는 것이며 '뼈저린' 고통을 수반하는 것을 암시한다. 그러한 고통의 절정인 동시에 끝은 죽음이다.

이 작품의 제3장은 주인공이 동물의 육체에 인간의 의식을 지닌 존재로서는 더 이상 살아갈 수 없다는 인식과 함께 죽음을 선택하는 과정을 나타내고 있다. 주인공은 유일하게 친근감을 느꼈던 누이동생에게마저 '그' 대신 '그것'으로 불리며 없어져야 할 대상으로 취급받는 상황에서 최종적으로 자신의 운명을 결정한다.

그는 가족에 대해 회상하며 감동과 사랑을 느꼈다. 자신이 없어져야 한다는 생각은 어쩌면 누이동생의 생각보다 더 확고했다. 교회 시계탑의 시계가 새벽 3시를 알릴 때까지 그는 이처럼 공허하고 평화로운 명상에 잠겨 있었다. 창밖에서 세상이 환해지기 시작하는 것도 보았다. 그 다음에 그의 머리가 자신도 모르게 푹 수그러졌다. 그의 콧구멍에서 마지막 숨이 약하게 흘러나왔다.

주인공의 죽음은 단지 등의 상처 때문이 아니라 단식의 결과이기도 하다. 그가 (절반의) 자살을 선택한 이유는 바로 가족과의 화해를 위해서다. '감동과 사랑으로' 가족을 회상하는 주인공은 스스로를 희생시킴으로써 가족에게 새로운 희망을 주려고 한다. 이와 동시에 그의 죽음은 종교적 구원을 연상시킨다. 교회의 종소리가 울리고 난 후 "세상이 환해지기 시작하는" 느낌은 암울한 현실로부터의 해방을 암시한다. 그러나 이러한 해방은 죽음을 전제로 한다는 점에서 현실에 대한 진정한 극복이라고 볼 수 없다. 특히 이 작품이 비극적인 것은 주인공의 죽음 자체가 아니라 그러한 죽음의 의미를 가족들이 전혀 알지 못한다는 점이다. 의사소통이 불가능한 상태에서 가족들에게 아들의 죽음은 장애물이 제거된 홀가분한 기분을 가져다주었을 뿐이다. 그것을 기념이라도 하듯이 가족들은 오랜만에 소풍을 간다.

4. 「요제피네, 여가수 혹은 쥐의 종족」―공동체에 대한 꿈

카프카는 자신의 마지막 작품인 「요제피네, 여가수 혹은 쥐의 종족」에서 앞의 두 작품과는 뚜렷이 구별되는 경향을 보여 준다. 「선고」와 「변신」이 아들과 아버지, 혹은 개인과 전체 사이의 화해 불가능한 갈등을 표현하고 있는 반면에 「요제피네」는 한 민족 전체의 문제를 다루고 있다. 이 작품에서도 갈등이 없는 것은 아니지만 그러한 갈등이 어느 한쪽의 일방적인 우세에 의해 해소되지는 않으며 따라서 결말 또한 비극적이지 않다. 갈등은 팽팽한 긴장 속에서 전개되면서 오히려 미해결의 상태로 남는다. 이와 같은 불확정성이 카프카 작품의 또 다른 특징이기도 하다.

「요제피네」는 인간의 세계가 아닌 동물의 세계를 대상으로 음악과 관련된 이야기를 서술하고 있다. 역사의 기록이나 연구를 등한시하는 쥐의 종족에게 설화는 현재 단절 상태에 있는 음악적 전통에 대한 이야기를 전해 준다. 잃어버린 과거에 대한 기억이 여느 찍찍거림과 다를 바 없는 자신의 목소리를 예술이라고 주장하는 요제피네에 의해 되살려진다. 종족의 보편적 언어가 동시에 예술의 언어가 되는 이율배반에 대한 해답은 음악이 아름다움의 표현이 아니라 종족의 삶 자체에 이르도록 하는 통로라는 점에 있다. 요제피네의 목소리는 최대한도의 '무가치함'을 발휘할 때, 즉 찍찍거릴 때 비로소 누구도 모방할 수 없는 예술이 되며 그곳에 모인 청중들에게 종족의 동질성을 확인시켜 준다. 찍찍거림은 쥐라는 동물의 표식임과 동시에 인간의 문화에 속하는 예술성에 관한 논쟁의 핵심이다. 동물의 세계가 직접 인간의 세계로 들어오는 방식은 순수한 동물의 세계를 통하여 인간 세계를 비유적으로 풍자하는 전통적인 우화와는 달리 장르의 경계를 해체시킨다.

카프카는 이 작품에서 실제 사회 현실과 대조되는 세계상을 그리고 있다. 여러 세대가 공존하는 종족의 특성상 아이와 어른은 쉽게 구별되지 않는다. "한 세대가—각 세대는 그 수가 엄청 많다—다른 세대를 밀어내 아이들은 아이로 남아 있을 시간이 없다." 각 개인은 자신의 생존을 스스로 책임져야 하는 반면 서열이나 위계질서의 속박을 받지 않는다. 특정한 통치 권력이 없는 이 사회에서는 모든 개인이 역사의 주인공이다. 한 개인은 다른 개인들에 비해 결코 우월한 위치를 차지하지 않는다. 그렇기 때문에 예술가로서 특별한 대우를 받기를 원하는 요제피네의 요구는 받아들여지지 않는다. 그러나 종족은 그녀를 내몰거나 벌하지 않고 오히려 어리광을 부리는 아이의 손을 잡아 주는 아버지처럼 보살핀다. 자신의 요구를 관철시키지 못한 요제피네는 결국 노래 부르기를 거부하고 사라지고 만다. 그녀의 이야기는 처음도 마지막도 아니며 "영원한 역사 속에서의 작은 에피소드"에 불과하다. 규범적인 정사가 없는 대신에 관용과 공동체적 삶으로 이루어진 민족의 역사는 불연속적이고 다양한 에피소드들이 병렬 방식으로 펼쳐지는 공간이다.

옮기고 나서

　20세기 초반에 작품 활동을 한 프란츠 카프카(1883-1924)는 다가오는 자본주의적 산업 사회를 회의적인 시각으로 바라보았으며 그의 작품들은 현대의 고전으로 손꼽힌다. 인간의 행복한 미래를 약속한 자본주의가 사실은 실현되기 어려운 믿음에 불과하다는 작가의 진단은 불행히도 그동안 도처에서 현실과 정확하게 맞아떨어졌다. 성과 지상주의와 물질 만능주의는 인간 개개인을 고유한 가치 대신 얼마든지 교환이 가능하고 기능만이 강조되는 파편화된 존재로 전락시켰다. 카프카는 그 어떤 과장이나 환상을 배제한 채 이러한 사회를 담담한 필치로 표현하였다.

　벌써 21세기를 살아가는 우리들의 사회에도 카프카의 부정적인 현실 인식은 여전히 유효한 것처럼 보인다. 어린 학생들조차 온갖 경쟁에서 자유롭지 못하며 의사소통의 단절이 일상화된 상태에서 출구 없는 상황에 내몰리고 있다. 물론 카프카의 작품을 읽는다는 의미가 단순히 어두운 세계상에 대한 확인에 그치지는 않는다. 카프카의 창작 행위는 바로 인간다운 삶에 대한 희망을 배경으로 하고 있기 때문이다. 카프카는 다만 당시의 현실 상황에서는 그 희망이 충족될 수 없다고 이야기한다. 그 희망을 어떻게 보듣고 갈 것인가는 오늘날의 독자가 스스로에게 묻고 대답해야 할 몫이다.

「변신」을 비롯하여 카프카의 작품들은 이미 여러 번 번역되었다. 기존의 번역물들도 나름대로의 가치를 지니고 있지만 카프카를 전공했다는 것을 앞세워 감히 새로운 번역을 모색하던 중에 마침 출판사 '해와나무'의 독특한 기획과 맞물려 이 책을 내게 되었다. 막상 번역해 놓고 보니 의욕만큼 만족스럽지 못한 심정을 숨기고 싶지 않다. 아무튼 이 책을 통해 독자들이 카프카를 새롭게 만나는 계기가 될 수만 있다면 더 바랄 것이 없다.

카프카의 작품 중에서 「선고」, 「변신」, 「요제피네, 여가수 혹은 쥐의 종족」을 선택한 것은 카프카의 작품 세계 전체를 조망해 볼 수 있는 단편들이라는 점을 고려한 결과이다. 「선고」가 척박한 삶의 현실에 대한 보고서라면 나머지 두 작품은 삶의 가능성에 대한 일종의 실험이다. 그 실험은 개인적인 차원(「변신」)에서 뿐만 아니라 공동체적 차원(「요제피네」)에서도 이루어지고 있다.

끝으로 이 책이 세상의 빛을 볼 때까지 정성과 노력을 아끼지 않은 출판사 편집부 직원들에게 깊은 감사의 말을 전한다.

2006년 4월   권세훈

186

프란츠 카프카 연보

1883년	7월 3일 프라하에서 태어났다. 아버지 헤르만 카프카는 자수성가한 유대계 상인이었으며, 어머니 율리 뢰비는 유복한 환경에서 성장했다. 카프카 밑으로 세 누이동생 엘리(1899), 발리(1890), 오틀라(1892)가 태어났다.
1889년(6세)	플라이쉬마르크트 초등학교에 입학했다.
1893년(10세)	독일계 김나지움에 입학했다.
1901년(18세)	프라하의 카를 대학에 입학하여 법학을 전공했다. 뮌헨에서 독문학을 공부할 계획을 세웠으나 뜻을 이루지 못했다.
1902년(19세)	문학적 동지이자 친구인 막스 브로트를 처음으로 만났다(카프카는 유언에서 자신의 미발표 작품들을 모두 불태워 버리라고 했으나 막스 브로트가 편집하여 전집으로 출간했다).
1905년(22세)	『어느 투쟁의 기록』을 집필했다.
1906년(23세)	대학을 졸업하면서 법학 박사 학위를 받았다.
1907년(24세)	『시골에서의 결혼식 준비』를 집필했다. 일반 보험회사에 들어갔다.

1908년(25세) 노동자재해보험공사에 취직했다(1922년 은퇴할 때까지 근무했다). 8편의 산문을 잡지 「히페리온」에 발표했다.

1910년(27세) 일기를 쓰기 시작했다. 10월에 막스 브로트와 파리로 여행을 갔다.

1912년(29세) 장편 소설 『실종자』를 구상, 집필을 시작했다. 첫 번째 작품집 『관찰』이 출간되었다. 펠리체 바우어를 만났다. 9월에 「선고」를 썼다. 1913년 1월까지 『실종자』 원고 집필을 계속했다. 10월에 펠리체와 편지를 주고받기 시작했다. 11월과 12월에 「변신」을 썼다.

1913년(30세) 장편 소설 『실종자』의 제1부가 『화부』라는 제목으로 출간되었다.

1914년(31세) 6월에 펠리체 바우어와 약혼했으나 7월에 파혼했다. 8월에 독립적인 방을 갖게 되었다. 장편 소설 『소송』을 쓰기 시작했다. 10월에 「유형지에서」를 탈고했다.

1915년(32세) 펠리체 바우어를 다시 만났다. 누이동생 엘리와 헝가리로 여행을 갔다. 카알슈테른하임의 양보로 폰타네 상을 수상했다. 11월에 『변신』이 출간되었다.

1916년(33세) 9월에 『선고』가 출간되었다. 11월에 뮌헨에서 「유형지에서」를 낭독했다.

1917년(34세) 6월에 펠리체 바우어와 두 번째 약혼을 했다. 9월에 폐결핵 진단을 받았다. 1918년 봄까지 『잠언집』을 집필했다. 12월에 파혼했다.

1918년(35세)   누이동생 오틀라와 취라우로 전지 요양을 갔다. 키에르케고르
에 관심을 갖게 되었다. 11월에 셀레젠에서 율리 보리첵과 알
게 되었다.

1919년(36세)   『유형지에서』가 출간되었다. 율리 보리첵과 약혼했다. 『아버
지에게 보내는 편지』를 집필했다.

1920년(37세)   메란에서 요양했다. 빈에 사는 기혼녀 밀레나 예젠스카와 편
지를 주고받았다. 복직하여 여름과 가을에 프라하에서 근무했
다. 율리 보리첵과 파혼했다. 『시골 의사』가 출간되었다. 로베
르트 클롭스톡을 알게 되었다.

1921년(38세)   9월까지 마틀리아리에서 지내다가 프라하로 돌아왔다.

1922년(39세)   3월 15일 장편 소설 『성』의 일부를 낭독했다. 5월에 밀레나와
마지막 대화를 나눴다. 퇴직을 했다. 6월 말에서 9월까지 플라
나에서 지냈다. 프라하에서 『성』의 집필을 계속했다(1926년
간행). 「단식 광대」와 「어느 개의 연구」를 집필했다.

1923년(40세)   도라 디아만트를 알게 되었다. 베를린으로 이사하여 도라와
함께 생활했다. 「굴」, 「요제피네」, 「작은 여인」을 썼다.

1924년(41세)   3월에 프라하로 돌아왔다. 작품집 『단식 광대』가 출간되었다.
도라 디아만트, 로베르트 클롭스톡과 함께 빈 근처의 키어링
요양원에 머물다가 6월 3일 숨을 거두었다. 6월 11일 프라하
에 안장되었다.

옮긴이 **권세훈**

고려대학교 독어독문학과와 대학원을 졸업한 뒤 독일 함부르크 대학교에서 카프카와 포
스트모더니즘에 관한 논문으로 박사 학위를 취득하였다. 옮긴 책으로는『잘못 들어선 길
에서』『영혼의 수레바퀴』『펠리체에게 보내는 카프카의 편지』『혁명의 역사』『부엌의 철
학』『영화』『연극』 등 20여 권이 있다. 현재 한국문학번역원에 근무하며 고려대학교에 출
강하고 있다.

그린이 **이우창**

홍익대학교 판화과를 졸업하고, 동국대학교 대학원 철학과 석사 과정을 밟고 있다. 신인
작가발굴전, 미술세계대상전, 한일교류전, 판화가협회전 등에 참여하였으며, 현재
mqpm 소속으로 활동하고 있다. 그린 책으로는『내 친구 고양이』『난 이대로가 좋아』『중
국을 물리친 고구려 성』 외에 여러 권이 있다.